5<u>95</u>

D0974169

Lewis Carroll

A TRAVÉS DEL ESPEJO

Y LO QUE ALICIA ENCONTRÓ ALLÍ

———

LA CAZA DEL SNARK

AGONÍA EN OCHO ESPASMOS

Copyright © EDIMAT LIBROS, S. A.
C/ Primavera, 35
Polígono Industrial El Malvar
28500 Arganda del Rey
MADRID-ESPAÑA
www.edimat.es

ISBN: 84-9764-538-3
Depósito legal: M-26059-2005

Colección: Clásicos de la literatura
Título: Alicia a través del espejo / La caza del Snark
Autor: Lewis Carroll
Traducción: Marta Olmos
Título original: *Through the Looking-glass and what Alice Found There / The Hunting of the Snark*
Estudio preliminar: Paula Arenas Martín-Abril
Diseño de cubierta: Juan Manuel Domínguez
Impreso en: Gráficas Cofás

IMPRESO EN ESPAÑA – *PRINTED IN SPAIN*

LEWIS CARROLL

A TRAVÉS DEL ESPEJO
LA CAZA DEL SNARK

Por Paula Arenas Martín-Abril

I. Introducción

Muchos hemos crecido con las aventuras de Alicia, la niña que viajaba mediante sus sueños a lugares extraños y diferentes, cuya lógica no era la del mundo normal y cuyos habitantes tampoco tenían parecido alguno con el de los habitantes del mundo normal.

¿Quién no recuerda al Conejo Blanco, a la Reina de Corazones o al Gato de Cheshire que desaparece y aparece siendo capaz de aparecer sólo su sonrisa?

¿Alguien ha olvidado la original partida de ajedrez de *A través del espejo*?

La respuesta en casi todos los casos será afirmativa y es que estamos antes unas letras que tienen la virtud de sobrevivir en la memoria de todo aquél que las haya leído alguna vez. Y esto no sucede ni mucho menos con todo lo que uno lee. Ya con esto basta para defender la importancia de la creación de Lewis Carroll.

Sin embargo, las aventuras (y también desventuras) de la niña Alicia en cada uno de sus viajes, que tan bien se recuerdan aun no habiendo vuelto a leerlas, merecen una segunda lectura, y ésta ha de ser, si es posible, una lectura adulta. Una lectura capaz de llegar más allá.

La sorpresa está garantizada, descubrirá el adulto el universo literario y acaso psicológico que Lewis Carroll planteaba (o quiso plantear) en sus letras. Y se muestra entonces en toda su plenitud. Ya no es una niña que se duerme y sueña cosas extrañas que sólo la fantasía puede explicar. Es mucho más que aquello que de niños pudimos comprender.

Y las preguntas hacen su aparición, porque tanto el primer viaje (*Alicia en el País de las Maravillas*) como el segundo (*A través del espejo*) plantearán al lector que ya no es un niño ciertas dudas.

Así, es posible hacerse la pregunta que ya muchos se han planteado: ¿es Alicia en el País de las Maravillas una metáfora que viene a simbolizar el paso de la infancia a la edad adulta? Partiendo de ésta otras vendrán seguidas: ¿es por esto que cambia de tamaño de una manera incomprensible?, ¿explicaría acaso que no se halle integrada en un mundo que le resulta absolutamente extraño y que es el mundo de los adultos?

Pues al parecer ésta es la interpretación más extendida y aceptada, una lectura en la que Alicia simboliza el paso de infancia a la edad adulta, razón por la que cambia en varias ocasiones de tamaño, volviendo a hacerlo cuando ya se ha acostumbrado. Unas veces se hace muy grande otras muy pequeña, en una ocasión le crece sólo el cuello de manera desmesurada. Acaso sea cierto que este cuento, historia o narración simbolice ese cambio inevitable que es hacerse mayor.

En cualquier caso es posible también que no se encuentre nada más allá de las aventuras de una niña que sueña con lugares extraños, siendo el propio sueño la explicación de toda la aparente rareza contenida en la historia. Si la interpretación de la lectura es ésta y no otra, puede el adulto que relee nuevamente la obra seguir pensando que es un cuento para niños. Existe pues la posibilidad de juzgarlo como una lectura meramente infantil. Opinión ésta defendida por algunos críticos, en la que se señala que lo absurdo y lo ilógico responde a ese universo imaginativo del niño donde todo (o casi todo) es posible. Pues bien, aun siendo así, nadie podrá negar la delicia de leerlo.

Por el contrario, en *A través del espejo*, el segundo viaje de Alicia, la dificultad que entrañan ciertos juegos lingüísticos y lógicos hace que sea mucho más complicada para un niño. Eso sin contar con que el cuento es en realidad una gran partida de ajedrez, lo que no resulta muy sencillo para cualquier lector infantil.

Si es posible para algunos juzgar *Las Aventuras de Alicia en el País de las Maravillas* como un cuento para niños, no parece igual de posible juzgar así *A través del espejo*, obra más adecuada para un público adulto.

De todas maneras, la pregunta: ¿es para niños o para adultos? es una cuestión que viene debatiéndose desde hace ya bastante tiempo, y justo es señalar que no hay acuerdo. Unos reivindican la obra como una obra para «mayores», otros, por el contrario, defienden la teoría de que *Alicia* es un libro para niños. Si bien en *A través del espejo* parece haber mayor acuerdo en que es una lectura menos indicada, por su dificultad de comprensión, para niños.

También es posible, ¿por qué no?, que la respuesta no sea excluyente, y estemos ante unas historias tan válidas para los pequeños como para los mayores. Y que cada cual en su edad juzgue y disfrute la obra.

Son muchas y variadas las interpretaciones que de Alicia se han hecho, y es normal pues son muchos los años que esta obra lleva leyéndose y analizándose, no obstante, la mejor de todas las interpretaciones sea quizá la que cada cual halle en las deliciosas páginas de Lewis Carroll.

Más allá de cualquier interpretación que se haya hecho

o se pueda hacer de esta obra, lo verdaderamente indiscutible es el valor de estas letras. El humor, el absurdo constante pero inteligente, las metáforas, los juegos de palabras, lo insólito y lo sorprendente, la brillante y exhaustiva descripción de cada entorno imaginario y, en definitiva, la llamada a la inteligencia que existe en las letras de Lewis Carroll, el escritor, el matemático, el apasionado de la lógica, el fotógrafo, el profesor. Pero, sobre todo, el creador de un clásico de la literatura universal.

Un clásico donde por encima de cualquier lectura hallamos todo un canto a la fantasía y a la imaginación.

En palabras de Gilles Deleuze (*Lógica del sentido*):

«La obra de Lewis Carroll lo tiene todo para complacer al lector actual: [...] palabras espléndidas, insólitas, esotéricas; códigos y claves; dibujos y fotos; un contenido psicoanalítico profundo, un formalismo lógico y lingüístico ejemplar. Y además del placer actual, algo más, algo diferente, un juego del sentido y el sinsentido, un caos-cosmos.»

II. Lewis Carroll. Biografía

Lewis Carroll nació el 27 de enero de 1820 en Daresbury (Cheshire, Inglaterra).

Su nombre real era Charles Lutwidge Dodgson. El porqué de su seudónimo a la hora de publicar sus cuentos se encuentre quizá en su timidez. Según se cuenta, era tan tímido que prefería la compañía de los niños, con quienes sí se entendía, y a quienes gustaba contarles las historias que él mismo inventaba. Así fue, de hecho, como nacieron las aventuras de Alicia.

Pues bien, este autor, tímido y un poco tartamudo, es hoy universalmente conocido por su *Alicia en el País de las Maravillas* (*Alice´s Adventures in Wonderland*) y por *A tra-*

vés del espejo y lo que Alicia encontró allí (*Through the Looking Glass and what Alice found There*).

Tenía nada menos que once hermanos (siete chicos y tres chicas) y era hijo de Charles Dodgson, párroco de Daresbury, que sería nombrado rector de Croft, Yorkshire, en el año 1843. La madre de Carroll era Frances Jane Lutwidge.

Hasta los once años se educó el creador de Alicia en su propia casa sin asistir a ningún colegio, y con sus padres como únicos maestros.

En el año 1844 (a la edad de once años) inicia los estudios primarios en el colegio de Richmond.

Un año después, 1845, reúne sus escritos, lo que preludia ya su gran capacidad para las letras, mas no sólo para ello, pues Carroll será profesor de matemáticas, materia en la que como estudiante siempre destacó.

Es en esta época también cuando escribe obras con la finalidad de divertir a su familia. No imaginaba Carroll lo lejos que llegarían sus letras.

En 1846 acude a la *Public School Rugby* para proseguir con sus estudios, pero la experiencia allí no fue demasiado buena para él. Aunque es precisamente en la *Public School Rugby* donde comienza a sentir interés por el teatro. Interés que se convertiría después en pasión.

Inicia sus estudios universitarios en el año 1851, matriculándose para ello en el *Christ Church College* de Oxford, donde vivirá el resto de su vida, primero como estudiante y luego como profesor de matemáticas. Fueron las matemáticas la ocupación de toda su vida y también su diversión, en ellas se refugiaba en sus noches de insomnio, que al parecer no fueron pocas.

Fue Carroll un gran conocedor de las matemáticas, sobre las que escribió varios libros y muchos artículos. Fue también un apasionado de la lógica matemática, destacando en el análisis de paradojas.

En el año 1851 muere su madre, Frances Jane Lutwidge, y lo hace unos días más tarde de ingresar Carroll en el *Christ Church College*. Este hecho le influye profundamente, tanto que muchos atribuyen a este suceso el comienzo de su deseo de volver a su niñez, por ser para él un mundo de felicidad alejado de la tristeza que a veces existe en el mundo de los adultos.

Se licencia en el año 1853, y entonces es cuando empieza a prepararse para la ordenación de diácono.

Un año más tarde, en 1854, entra en contacto con Edmundo Yates, director del *Comic Times*, donde publica Lewis algunas parodias y algunos cuentos cortos. (Según parece fue Yates quien le dio el seudónimo de Lewis Carroll.)

En el año 1855 es nombrado subbibliotecario del *Christ Church* y en este mismo año se instala también allí Liddell, el padre de Alicia (la niña que inspiró el cuento más famoso de Carroll), pues es Liddell el nuevo decano.

En 1856 Charles Lutwidge Dodgson es nombrado profesor de matemáticas y conoce a Alicia Liddell, la hija del nuevo decano.

Comienza a apasionarse por la fotografía. Carroll será considerado uno de los mejores fotógrafos de su tiempo y un pionero.

En 1861 es ordenado diácono, pero renuncia a continuar su carrera eclesiástica por falta de una verdadera vocación. (Aunque hay quien dice que su tartamudez impedía que pudiera predicar con cierta soltura.)

En 1862, concretamente la tarde del cuatro de julio, se fija la fecha en la que Carroll narró oralmente un cuento (el que después sería *Las aventuras de Alicia en el País de las Maravillas*) a la hija de Liddell y a sus dos hermanas, cuando iban por un afluente del Támesis en una barca.

En 1865 Dodgson y los padres de Alicia Liddell rompen la amistad que hasta entonces mantenían.

Tres años más tarde, en 1868, muere el padre de Lewis, el archidiácono de Ripon, Charles Dodgson. La pérdida de su padre le afectará más profundamente si cabe que la muerte de su madre, lo que ya le había causado en su día un hondo y mal asumido pesar.

Abandona Carroll su gran pasión en 1880: la fotografía. Y lo hace movido por ciertos comentarios referentes a algunas de sus fotografías.

Un año después abandona también su puesto de profesor de matemáticas.

En 1887 enseñará lógica en un colegio femenino de Oxford.

Muere el 14 de enero de 1894 el poeta, escritor, fotógrafo, profesor de matemáticas y experto en lógica que fue Lewis Carroll. El creador del cuento que permanece en la memoria de casi todos los adultos y niños.

III. La época de Lewis Carroll

La época en la que Lewis Carroll vive es la denominada época victoriana, que abarca desde que la reina Victoria ocupa el trono a los 18 años al morir su tío el rey Guillermo en el año 1837 hasta el año 1901.

Una época caracterizada por los avances científicos más grandes de la historia, por los progresos acaecidos en todos los campos, por el apogeo social, político y económico, por la expansión del Imperio Británico, por la revolución industrial y por la recuperación de una monarquía seria y sólida y por un marcado tradicionalismo. Se instauró un modelo de sociedad donde el conservadurismo, la tradición y la moralidad se llevaban el papel principal. Eran los protagonistas de un tiempo y de una reina que conseguiría a cualquier precio restaurar lo que sus antecesores habían destruido.

Los reyes anteriores, sus antecesores, habían dejado a la monarquía desprestigiada, algo que Victoria se empeñará en restituir. Y lo conseguirá.

En 1820 había subido al trono Jorge IV con 65 años y una vida que no aportaba a la monarquía mucho prestigio. Tras Jorge IV sube al trono diez años después, en 1830, su hermano Guillermo IV, el tío de Victoria, y quien tampoco daría el prestigio que la monarquía necesitaba.

Así que cuando Victoria sube al trono se encuentra con que la monarquía carecía de prestigio, los dos reinados anteriores habían provocado una situación que no era precisamente buena.

No obstante, la reina luchó desde el primer día por recuperar lo perdido, y no sólo lo logró sino que situó a Inglaterra en el mejor lugar que era posible. Con la reina Victoria Inglaterra se convirtió en la mayor potencia económica y política del mundo. Tras años de inestabilidad y desprestigio, la reina Victoria dotaba a la monarquía y al país de máximo prestigio y gran poder.

IV. La literatura victoriana

En este momento de rígida moralidad y defensa del conservadurismo, asistimos a la literatura también denominada victoriana. Una literatura donde lo moral es el centro. La defensa de la tradición en las letras de entonces ocupaba también un lugar primordial. Un momento en el que la novela se lleva el puesto de honor: el lugar central. Y es que mediante la novela se sometían a crítica las costumbres sociales inglesas. Una novela «realista» con pretensiones sociales, un arma de defensa de los dos pilares de la época: tradición y moralidad. Obras siempre con moraleja, algo de lo que carecen tanto *Las aventuras de Alicia en el País de las Maravillas* como *A través del espejo*. Y precisamente estas obras sin moraleja tuvieron un éxito impresionante.

Charles Dickens, William Makepeace Thakeray y George Eliot ocupaban el lugar más destacado entre los novelistas. De la poesía es justo señalar por su alcance en aquel momento a Tennyson y a Robert Browing.

Era la literatura victoriana una respuesta al pasado Romanticismo. Un respuesta en contra. Y para ello se valieron del Realismo, pues ¿qué mejor manera de acabar con el pasado literario más inmediato que con su contrario? A la fantasía y al desbordamiento romántico le sucede así una literatura realista, didáctica y moralizante. Todo lo contrario, pues.

Es en este contexto tanto histórico como literario en el que vive y escribe Lewis Carroll. Muchos se preguntarán qué tiene que ver lo uno con lo otro, cómo casar la literatura del momento y el momento mismo con *Alicia en el País de las Maravillas* y *A través del espejo*. Pues bien, la pregunta es acertada porque realmente son más los puntos en discordia que los puntos en común, pero veamos en primer lugar en qué pueden coincidir la literatura victoriana y las letras de Carroll.

Hay detalles en los fantásticos cuentos de Carroll que evocan ciertas características de aquella sociedad y aquel reinado. El croquet, por ejemplo, que estaba absolutamente de moda, o incluso algunos señalan ciertas frases que dice la reina de la obra de Carroll como frases de la propia reina Victoria. También la forma de describir el País de las Maravillas o el entorno que rodea a Alicia en *A través del espejo* tiene que ver con la forma de describir del realismo, en cuanto al detallismo se refiere. Y es que la manera de describir de Carroll es tan acertada que podemos imaginar perfectamente todo lo descrito en ambos cuentos, y esto es propio del realismo, aunque aquí la diferencia es sustancial pues si el realismo describía la propia realidad, Carroll describe un mundo que se encuentra absolutamente fuera de ella.

En los juegos de palabras y en las incorrecciones y correcciones que se hacen unos a otros acaso pudiéramos encontrar cierto didactismo, mas ¿no es más posible que fuera quizá un intento de arrancar la sonrisa del lector? Ahí queda pues la pregunta para que cada cual piense su respuesta, pues hay ciertas cosas que, como decía José Hierro refiriéndose a la poesía, no se pueden explicar.

También la partida de ajedrez que sostiene Alicia contra el resto del mundo en *A través del espejo* encierra algo de didactismo.

Pero lo cierto es que no hay más similitud con la época y con la literatura del momento que estos pocos puntos que hemos señalado. Pues la realidad es que resulta chocante una obra de estas características en un momento tan rígido, tan conservador y tan moralizante. Los viajes de Alicia carecen de lógica, lo convencional se pone en duda, la norma se cuestiona y la imaginación prima por encima de todo, además de carecer absolutamente de moraleja. Luego, a pesar de ser posible encontrar algo de didactismo y una forma de describir parecida en su forma a la del Realismo, lo cierto es que nada tiene que ver con la literatura y la época de aquel momento.

V. La obra de Lewis Carroll

No fue *Alicia en el País de las Maravillas* y *A través del espejo* lo único que escribiera y publicara Lewis Carroll, por lo que justo es señalar aunque de manera breve las obras de este autor de estilo siempre impecable, que supo entre otras muchas cosas describir los lugares en que se desarrollaban sus obras con gran maestría.

Conviene aclarar que no toda su producción es literaria, pues recordemos que una de sus grandes ocupaciones fueron las matemáticas.

· Desde 1850 hasta 1853 escribe Lewis Carroll una revista familiar con sus propias ilustraciones llamada *El paraguas de la rectoría* (*The Rectory Umbrella*).

· Desde 1853 hasta 1860 continúa con una revista de similares características a la anterior (*El paraguas de la rectoría*). En este caso la revista se llamaba *Mischmasch*.

· En 1860 publica *Compendio de Geometría Algebraica plana* (*A Syllabus of Plane Algebraical Geometry*). (Como ya se ha advertido Carroll no sólo publicó literatura).

· En 1865 publica dos obras:

- *La dinámica de una partícula* (*The Dynamics of a Particle*).
- *Las aventuras de Alicia en el País de las Maravillas* (*Alice´s Adventures in Wonderland*).

· En 1867 otras dos obras ven la luz:

- *Tratado elemental de determinantes* (*An Elementary Treatise on Determinants*).
- *La venganza de Silvia y Bruno* (*Bruno's Revenge*). Este cuento será el inicio de la posterior obra de Carroll *Silvia y Bruno*.

· En 1868 asistimos a la publicación de *El Quinto Libro de Euclides tratado algebraicamente* (*The Fifth Book of Euclid Treated Algebraically*).

· En 1869 se publica un libro de poemas de Carroll: *Phantasmagoria and other Poems*, y es que no hay que olvidar que el padre literario de Alicia está considerado también por muchos críticos como un gran poeta.

· En 1871, seis años después de la publicación de Las aventuras de *Alicia en el País de las Maravillas* es publicado *A través del espejo* cuyo título completo es: *A través del espejo y lo que Alicia encontró allí* (*Trough the Looking-Glass and what Alice found There*).

· En 1873 se publica *Las proposiciones de Euclides I-VI* (*The Enunciations of Euclid I-VI*).

· En 1875 publicación de *Euclides, Libros I y II* (*Euclid, Books I, II*).

· *La caza del Snark* (*The Hunting of the Snark*) es publicada en 1876.

· En 1879: *Euclides y sus rivales modernos* (*Euclid and His Modern Rivals*).

· En 1883, otro libro de poemas: *¿Rima? y ¿Razón?* (*Rhime? and Reason?*).

· En 1885: *A Tangled Tale*.

· En 1886:

- Se publica un facsímil del manuscrito de *Alicia en el País de las Maravillas* que Carroll había titulado entonces: *Aventuras subterráneas de Alicia* (*Alice's Adventures Under Ground*).

- *Alicia en el País de las Maravillas. Un sueño teatral para niños* (*Alice in Wonderland. A Dream Play for Children*), representación teatral realizada por H. Sabile Clarke.

· En 1887, dos publicaciones:

- El artículo Alicia en el teatro (*Alice on the Stage*).

- *El juego de la lógica* (*The Game of Logic*).

· En 1888: *Curiosidades matemáticas. Parte I* (*Curiosa Mathematica. Part I*).

· En 1889:

- Se publica una versión de *Las aventuras de Alicia en el País de las Maravillas* para niños menores de cinco años, en la que se había suprimido gran parte del texto y primaban las ilustraciones para acercar el cuento a los más pequeños. Se tituló *Alicia para pequeños* (*The Nursery "Alice"*).

- Se publica la obra *Silvia y Bruno* (*Sylvia and Bruno*).

· En 1893:

- *Curiosidades matemáticas*. Parte II (Curiosa Mathematica. Part II).

- *Silvia y Bruno. Conclusión* (*Sylvia and Bruno Concluded*).
· En 1894:
- El artículo *Una paradoja lógica* (*A Logical Paradox*).
- *Lo que la tortuga le dijo a Aquiles* (*What the Tortoise Said to Achilles*). Artículo.
· En 1896: *Lógica Simbólica. Parte I* (*Symbolic Logic. Part I*).

VI. *Las aventuras de Alicia en el País de las Maravillas* (*Alice's Adventures in Wonderland*)

El Conejo, la Oruga, la Reina, el Rey, el Sombrerero, el Lirón, la Liebre de Marzo, el Gato sin sonrisa y la sonrisa sin gato, la propia Alicia, el Ratón y un largo etcétera de personajes atraviesan esta obra, dejándonos cada uno de ellos una impresión diferente.

Pero comencemos desde el principio.

En el primer capítulo Alicia está en un parque junto a su hermana que está leyendo un libro «sin ilustraciones ni dibujos», de lo que la propia Alicia piensa «¿y de qué sirve un libro que no tiene diálogos ni dibujos?». Entonces, aburrida y casi dormida, ve a un Conejo Blanco pasar corriendo a su lado. Le sigue, yendo así a parar a un extraño túnel por el que cae y cae y sigue cayendo hasta llegar a un salón en el que hay una mesa de cristal y diversas llaves, que tras probar logra dar con la que abre una de las puertas. Esta puerta da a un túnel muy pequeño, pero que le permite ver el jardín más maravilloso que jamás pudiera soñar. Un jardín al que de momento no puede acceder, simplemente puede observar. El túnel que parece conducir hasta él es demasiado pequeño para ella. Encuentra entonces una botella de la que bebe provocando la disminución inmediata de su tamaño hasta medir tan sólo veinte centímetros. Piensa ahora que podrá meterse en el túnel que la llevará al jardín maravilloso, pero ya no puede alcanzar la llave, su tamaño se lo impide.

Como puede advertir el lector, Alicia ha ido a parar a un mundo en el que las cosas no cuadran, primero porque es demasiado grande, después porque es demasiado pequeña.

Descubre Alicia un pastelillo que come pensando que así podrá recobrar su tamaño y alcanzar la llave, menguar después y acceder por el túnel para llegar al ansiado jardín maravilloso. Pero su tamaño esta vez no varía, y es esto lo que le extraña, pues sumida como está en un mundo repleto de extrañezas que algo permanezca normal se convierte en algo raro. Se había acostumbrado de tal modo a que le sucedieran cosas extraordinarias, que le pareció una tontería que la vida siguiera siendo normal. Con este pensamiento de Alicia advertimos la capacidad de adaptación de la niña.

El segundo capítulo se abre con el crecimiento desmesurado de Alicia, «¡Me estoy estirando como si fuera el catalejo más grande del mundo! ¡Adiós, pies!» Efectivamente Alicia vuelve a cambiar de tamaño, midiendo ahora tres metros y medio.

¿No podríamos establecer aquí un paralelismo no sólo con el cambio físico de todo ser humano cuando se hace mayor sino con los diferentes estados anímicos que lo acompañan?, ¿quién no ha pasado de la risa al llanto en menos de una hora en su adolescencia? Bien pudiera ser, pues, una inteligente metáfora de los cambios interiores que se sienten al crecer.

Rompe a llorar desesperada la pobre Alicia, pero se reprende rápidamente porque una niña tan grande no debería llorar de esa manera. Pero el llanto continúa.

¿Cuántas veces hemos asistido en nuestro crecer a estas contradicciones?, ¿no es verdad que no queriendo algo no podíamos tampoco evitarlo?

La norma es la que impide llorar como una niña a quien ya no lo es, aunque en el fondo una parte de ella lo siga siendo. Porque el hecho de que físicamente crezcamos no implica necesariamente que mentalmente también lo hagamos. De ahí el choque con una realidad que interiormente no es posible asumir a tanta velocidad.

Es en este capítulo donde se hace Alicia la pregunta que ella misma juzga «el intríngulis»: «¿quién demonios soy?»

Sin saber cómo vuelve a menguar de tal manera que al coger un guante del Conejo Blanco se da cuenta de que es de su tamaño. Intenta entonces llegar hasta el jardín pero no puede y acaba nadando en un agua salada que resulta ser el de las lágrimas vertidas por ella misma cuando era «grande». Aparece en escena el Ratón, con quien nadará hasta llegar a tierra firme. Con ellos van otros animales.

El tercer capítulo presenta una carrera 'para secarse' que en realidad no es una carrera pues nadie pierde, todos ganan, lo que a Alicia le resulta totalmente absurdo, pues ¿qué interés puede tener una carrera que no tiene ganador?

Alicia y su mundo convencional se enfrentan a un mundo cuya lógica y cuyas normas no son las mismas, llegando a recibir como premio un dedal que en realidad es de ella misma. Alicia pensaba que todo aquello era absurdo, pero no se atrevió a reír.

En el cuarto capítulo aparece el Conejo Blanco con su cantinela de siempre «¡Ay, la Duquesa!»

Alicia se da cuenta de que el Conejo está quejándose porque no encuentra sus guantes y su abanico y le ayuda a buscarlo pero no puede encontrarlos porque... todo parecía haber cambiado. Así es, las cosas ya no están donde estaban, es más ni siquiera existen. Aquí está la palabra clave: cambio. Cambio también en lo que es habitual para ella, dueña de un gato al que evidentemente puede mandar. Al ser ella quien ahora obedece órdenes, las del Conejo, se plantea la extrañeza de la situación, ¿cómo es posible que esté ella obedeciendo a un conejo? Efectivamente parece el mundo al revés, la base de su mundo se cae en este otro mundo, pero Alicia no pierde el ánimo y la vitalidad.

Nunca dejaré de ser la niña que soy ahora, piensa esperanzada Alicia, reflejando en sus palabras el temor a ser mayor, temor lógico, dados los problemas que le ha acarreado crecer de esa manera. Su postura debido a su tamaño y al de la casa del Conejo es absolutamente insostenible. Afortunadamente vuelve a menguar pudiendo así salir de la casa del Conejo Blanco, planeando recuperar su tamaño y encontrar el jardín. El jardín, siempre el jardín maravilloso al que no consigue llegar. ¿No podría ser ese jardín maravilloso el estado de integración y adaptación que sin duda la pobre Alicia no encuentra?

El cuarto capítulo comienza con una Oruga que fuma y que hace una pregunta difícil de responder para la niña que crece y mengua, que obedece a los animales y que no entiende absolutamente nada. La pregunta en cuestión es: ¿quién eres tú? La respuesta no puede ser más acertada e ilustrativa: «La verdad, es que en estos momentos no estoy muy segura de quién soy». Inician una conversación sobre los cambios de Alicia, y la Oruga le dice que ya se acostumbrará. Acostumbrarse, adaptarse al nuevo estado y llegar al jardín tiene mucho que ver. Crecer interiormente, aceptar el nuevo estado. Ser mayor no sólo físicamente.

La Oruga le dice que si come un lado de la seta crecerá, si come del otro menguará, pero cuál es la sorpresa de Alicia al comer una parte y crecer o menguar sólo por zonas.

Llegamos a la mitad de la obra, el sexto capítulo, en el que Alicia, con un tamaño de veinte centímetros, se acerca a una casa en cuya puerta puede ver un lacayo-pez y un lacayo-rana. Descubre que la casa es la de la Duquesa. (Recordemos la cantinela del Conejo ¡Ay, la Duquesa!).

Es en este capítulo donde aparece el Gato de Cheshire, un gato que aparece y desaparece misteriosamente, llegando incluso a desaparecer por completo salvo su sonrisa. Alicia desde luego no entiende nada, y piensa: «He visto muchas veces un gato sin sonrisa[...], pero una sonrisa sin gato es la cosa más rara que he visto en mi vida». ¿Ironía, absurdo..? ¿Una broma?

El capítulo séptimo continúa con esa disparatada línea del absurdo que crece a medida que avanza la obra. La Liebre de Marzo, el Sombrerero y el Lirón son los nuevos protagonistas, cuyo quehacer constante es tomar el té. Están castigados por el Tiempo a permanecer siempre en la misma hora, la del té, las seis de la tarde. El castigo se debe a que el Sombrerero quiso matar el tiempo. Inteligente juego de palabras.

Enfadada por lo absurdo e incomprensible que le resulta todo, se marcha del lugar. Se topa entonces con una puerta instalada en un árbol. Al entrar por ella, vuelve a encontrarse en el mismo salón, cerca de la mesa de cristal. Piensa entonces que ahora podrá llegar al ansiado jardín. Alicia intuye desde el principio que la clave está en llegar al jardín. Ahí encontrará —piensa ella— la salida.

Come un poco de la seta mágica y mengua hasta que su tamaño es tan pequeño como para acceder por el diminuto túnel que la llevará hasta el jardín, donde se vio rodeada por el colorido de alegres flores y el murmullo de las fuentes.

Dos naipes pintando un rosal blanco de rojo es lo que le aguarda al inicio del octavo capítulo justo a la entrada del anhelado jardín. Las cartas que son y hablan como personas lo están pintando porque el rosal debería haber sido rojo. Absolutamente extraño esto para Alicia que sigue sin comprender nada, pero que ya no llora o se enfada, parece que se está habituando al nuevo mundo. Entran en escena el Rey y la Reina de Corazones, ante quienes no sabe cómo comportarse porque el protocolo que ella conoce no parece ser el mismo que el usado allí. ¿Un cambio de normas?, ¿no sirven pues las mismas que en su mundo de niña sí servían?

La Reina de Corazones repite constantemente la misma frase: ¡que le corten la cabeza!, ante lo cual Alicia empieza a sentir cierta preocupación porque «¡Aquí lo arreglan todo cortando cabezas!» Aunque en realidad no sucede así, pues no ve que a nadie le corten la cabeza. Las cosas no dejan de ser incomprensibles para la niña.

El Gato de Cheshire vuelve a aparecer cuando Alicia está jugando al croquet, aunque de un extraño modo, primero porque los mazos son flamencos, las bolas, erizos, los arcos, soldados doblados sobre sí mismos, y segundo porque o bien no hay reglas para jugar o bien nadie las cumple. Nuevamente como en la carrera del capítulo III Alicia comprueba que no hay normas para jugar. O quizá es que las normas que allí imperan no son las mismas que ella conoce.

Ordenan cortar la cabeza al Gato pero no lo consiguen porque ¿cómo cortar la cabeza a un ser que desaparece?

Alicia ha pasado a otra parte del mismo mundo, del escenario natural en el que se venía moviendo hasta aquí al espacio social que parece ocupar ahora. La Reina es la que manda y pone orden. Los demás obedecen. Ha habido pues un cambio importante.

El capítulo IX nos presenta a la Duquesa y a Alicia manteniendo una extraña conversación, al menos así es para Alicia, que pronto se harta de la palabrería absurda de la Duquesa, que desaparece a toda velocidad ante la amenaza de la Reina.

La partida de croquet ya sólo la juegan el Rey y la Reina pues todos los demás han sido condenados a que les corten la cabeza. Menos Alicia, claro.

Es en este capítulo donde nos encontramos con la denominada Falsa Tortuga, algo que Alicia no entiende, porque en su mundo las cosas son o no son, pero no existe una falsa tortuga, o hay tortuga o no la hay. Un animal fabuloso, mezcla de águila y león responde al nombre de Grifo siendo éste quien lleva a la niña hasta la Falsa Tortuga. Discuten la niña y la Tortuga por las clases que ha recibido cada una llegando a decir la Falsa Tortuga que a ella le enseñaban a beber y a escupir [...]; a fumar... A esto le sigue una de las ya habituales discusiones por determinadas palabras y su extraño uso, pues Alicia ha ido comprobando a lo largo de su viaje que lo que significan habitualmente las palabras para ella han cambiado de significado y en muchas ocasiones hasta de pronunciación. Son los inteligentes juegos lingüísticos de Lewis Carroll.

Continúan la Tortuga, el Grifo y Alicia en la misma escena cuando da comienzo el décimo capítulo donde le muestran a Alicia cómo es la danza de las langostas. Antes han estado hablando sobre distintos peces de una manera también algo absurda, pues por ejemplo Alicia contesta cuando le preguntan si sabe cómo son las pescadillas que se muerden la cola y suelen venir cubiertas de pan rallado. El humor aquí está servido. Es que Alicia es tan sólo una niña y cree como cualquier otro niño que las cosas son siempre y únicamente tal y como ella las ve.

Finaliza el capítulo con la marcha de estos tres personajes al juicio.

Llegamos así a los dos últimos capítulos en los que se celebra un juicio. Hay un acusado, la Sota de Corazones, un juez, el Rey, y un tribunal, doce animales. El juicio transcurre con la misma carencia de sentido para la niña, que incluso llega a ser condenada a que le corten la cabeza. Cuando siente que todas las cartas se le vienen encima se despierta apoyada en el brazo de su hermana en el mismo parque en el que estaba cuando apareció por primera vez el Conejo Blanco que siempre llevaba prisa, ¿no es la prisa uno de los males del adulto?

Termina el cuento con la reflexión de la hermana de Alicia tratando de imaginarla cuando fuera adulta, y cómo guardaría a lo largo de su vida el alma cándida de cuando era niña. Trató de imaginarla rodeada ya de hijos [...]. Sabiendo que reviviría aquellos dulces días de su niñez.

Un final éste que parece terminar de confirmar la idea del viaje simbólico de Alicia hacia la edad adulta.

Pero no sólo el final pues la poesía que precede a la obra termina con la siguiente estrofa:

> ¡Alicia!, acepta este cuento
> y con dedos delicados
> ponlo donde están trenzados
> sueños del mundo infantil
> con la cinta del Recuerdo,
> como coronas ajadas
> hechas de flores cortadas
> en un lejano país.

¿No es esto, en realidad, todo un canto a la infancia y una llamada a su recuerdo y conservación cuando pase Alicia, que simboliza la infancia, al mundo adulto?

VII. Cómo nació Alicia

En el año 1862, una tarde de julio, iba Dodgson en una barca por un afluente del Támesis acompañado por Liddell y sus tres hijas, una de las cuales se llamaba Alicia y tenía entonces diez años. Ella, Alicia Liddell, fue el modelo inspirador de las aventuras de la otra Alicia, la literaria. Pero no fue únicamente su modelo literario, pues también la fotografió en algunas ocasiones. No olvidemos que la fotografía era una de sus grandes pasiones. Modelo literaria y modelo fotográfica, ya que, fue la niña Alicia para el tímido profesor de matemáticas de Oxford.

Pues bien, esa tarde de julio comenzó Carroll a narrarle de manera improvisada una historia a las tres niñas Liddell, naciendo así de manera espontánea lo que después sería uno de los cuentos más famosos de la historia: *Las aventuras de Alicia en el País de las Maravillas*.

Tan entusiasmada estaba Alicia Liddell con lo que entonces tituló Carroll *Aventuras subterráneas de Alicia* que le pidió que lo escribiera. La respuesta a tal petición fue un manuscrito con ilustraciones. Se lo daría a la niña en el año 1862. Lo que después se convertirá, más extenso que el manuscrito, en *Las aventuras de Alicia en el País de las Maravillas*.

Quizá el primer título *Aventuras subterráneas de Alicia* fuera más afín con la historia que se nos narra, pues no parece exactamente un país lleno de maravillas. Es más bien un «submundo» aparentemente ilógico y absurdo, absolutamente diferente del mundo de Alicia. Además no olvidemos cómo llega Alicia hasta el supuesto País de las Maravillas. Lo hace cayendo por una madriguera, lo que lo acerca más aún al título *Aventuras subterráneas*, pues tal país está bajo tierra.

En realidad fueron varios los títulos que barajó Carroll antes de dar con el que pasaría a la historia: *Las aventuras de Alicia en el País de las Maravillas*, que vio la luz en el año 1865 cuando apareció publicado por Macmillan en Londres acompañado de cuarenta y dos ilustraciones de John Tenniel, famoso dibujante inglés, que realizaría las ilustraciones más hermosas de este cuento. Otros ilustraron después la historia pero no superaron a Tenniel. También realizaría años más tarde las de *A través del espejo*.

El éxito de la obra de Carroll fue algo que él no podía haber imaginado. Se ha llegado a asegurar que ha sido el autor más leído después de Shakespeare.

En el año 1868 salían al mercado la cuarta y la quinta edición de Alicia, y a partir del año 1869 se publicarían todos los años una o dos impresiones, que para 1889 eran ya veintiséis. Los ochenta y seis mil ejemplares de la edición de 1897 confirman lo que ya estaba confirmado: el universo creado por Carroll entusiasmaba a todos los niños.

En 1871, seis años después de la aparición del primer libro sobre Alicia, se publicaría la continuación titulada: *A través del Espejo y lo que Alicia encontró allí*, completando así las dos obras que le arrojaban definitivamente a un puesto de honor en la historia de la literatura.

Con la intención de que *Las aventuras de Alicia en el País de las Maravillas* fuera apto también para niños menores de cinco años se hizo una edición en 1890, editado por Edmundo Evans, con poco texto y muchas ilustraciones.

Un personaje Alicia que nació pues de manera espontánea y sin premeditación alguna, simplemente para entretener a tres niñas. Y se convirtió en lo que finalmente es: un clásico que sobrevive al tiempo y a las modas.

«Alicia y A Través del Espejo nacieron de cabos e ideas sueltas que vinieron por sí mismas, pobres tal vez, pero las mejores que supe ofrecer. No quisiera para mí más alto elogio que estas palabras de un Poeta sobre un Poeta: "Dio a la gente lo mejor de sí:/ lo peor lo retuvo, lo mejor lo dio".»

LEWIS CARROLL, Alicia en el teatro.

VIII. *A través del espejo y lo que Alicia encontró allí* (***Through the Looking Glass and what Alice Found There***)

Obra publicada en el año 1871, seis años después de *Las aventuras de Alicia en el País de las Maravillas*, que nos cuenta un nuevo sueño de la niña Alicia. Ambos cuentos, historias o narraciones tienen en común, aparte de su personaje central y otros puntos que iremos señalando, el hecho de que en ambos el argumento se desarrolla a partir de un sueño. Los sueños de Alicia.

Es en el primer capítulo donde Alicia viaja a otro mundo, pero en esta ocasión no será la vía una madriguera como en *Las aventuras de Alicia en el País de las Maravillas*, sino un espejo, a través del cual llega a la casa del espejo. Encuentra entonces un libro que está escrito de tal manera que sólo reflejándolo en un espejo puede leerse. Tras conseguir Alicia leerlo, pero no entenderlo, sale de la casa del espejo para poder verlo todo. No olvidemos la curiosidad de Alicia, ya muy presente en su anterior viaje.

Llega la niña a un lugar lleno de caminos que suben, bajan, dan vueltas y que impiden a Alicia conseguir llegar arriba, al monte. Y aunque se enfada no quiere volver al otro lado del espejo. Aquí hay una diferencia importante con el otro viaje, pues en éste Alicia no quiere decir adiós a las aventuras que parecen prometerle el lugar al que ha llegado a través del espejo. Pero no le resulta fácil pues es el propio camino el que constantemente la devuelve al mismo sitio, la casa del espejo, de un empujón. Continúa en su empeño y llega hasta unas flores que hablan. Aquí también los seres inanimados son como seres animados.

Entra en escena la Reina Roja, y realiza Alicia, sin saberlo, su primera jugada en un supuesto ajedrez que es el escenario en el que se encuentra. Al observar Alicia el campo que le rodea se percata de que unos arroyos lo dividen como un tablero de ajedrez. Comprueba también que las piezas son personas. Es entonces cuando dice: «¡están jugando una gigantesca partida de ajedrez y el mundo entero es el tablero! ¿Simboliza esto el mundo?»

Pide Alicia a la Reina jugar con ellos, a lo que ella responde afirmativamente dándole el lugar de Peón de la

Reina Blanca. Queda así constancia de la necesidad de que haya quien nos ayude en algún momento. Para llegar a determinados lugares es necesario contar con determinados apoyos.

Alicia no sabe jugar pero está dispuesta a aprender.

Será la Reina quien la lleve corriendo en estos primeros pasos de Alicia de un lado a otro de manera para Alicia incomprensible, aunque más incomprensible aún es el hecho de que a pesar de la vertiginosa carrera los objetos no se mueven del lugar que ocupan. Alicia no comprende cómo es posible que sigan el mismo lugar siempre, a lo que la Reina responde que hay que correr todo el tiempo para poder permanecer siempre en el mismo sitio.

La Reina desaparece incomprensiblemente al final del capítulo dejando a Alicia sola. Tiene que jugar como Peón y la Reina ya no está con ella para darle las instrucciones pertinentes. Puede establecerse aquí un paralelismo con la propia vida adulta en cuanto a un determinado aspecto se refiere: primero se recibe el favor de alguien que nos puede ayudar a llegar hasta donde queremos llegar, mas la ayuda es inicial, porque después las cosas ya sólo dependen de uno mismo.

Realizará Alicia en el tercer capítulo su segunda jugada intencionada, dado que la que señalamos como primera, en realidad no era intencionada. Y hace su jugada mediante un viaje en tren, que le causa un gran problema al tener que determinar la dirección, pues en este lugar todo es distinto e inverso.

Llega hasta un parque donde un cervatillo le pregunta su nombre, cosa que Alicia no recuerda. Están en el parque donde las cosas pierden su nombre.

En el capítulo IV dos gemelos aparecen en escena, Tararí y Tarará. Son gemelos pero a su vez son su contrario. Todo en este lugar es así: inverso y contrario y es que

Alicia está al otro lado del espejo. El Rey Rojo aparece también en este capítulo. Está durmiendo, y Tararí le dice a Alicia: «está soñando contigo». Esto plantea la inversión de la realidad, ya que es Alicia la que está soñando todo aquello. Alicia parece estar en el mundo al revés, lo cual no deja de tener su lógica teniendo en cuenta que su sueño la ha transportado al otro lado del espejo y los espejos muestran lo que en ellos se refleja de manera invertida. Discute Alicia porque ella no es un sueño del Rey, ella es real «¡Soy real!». Se cuestiona así la realidad y siente miedo como lo sintiera en su sueño anterior cuando la Reina quería cortarle la cabeza.

Aparece la Reina Blanca en el quinto capítulo, que está haciendo su jugada al situarse a la izquierda de Alicia, quien antes había realizado ya la suya al agarrar un mantón y moverse buscando a su dueño (la Reina). Habla la Reina a Alicia de vivir al revés, hay que reconocer que, al principio, se marea una un poco... «La ventaja la tienes en que la memoria funciona en dos direcciones». Alicia replica que la suya sólo funciona en un sentido, a lo que la Reina responde que de poco sirve si sólo puede funcionar hacia atrás.

La Reina recuerda cosas que sucederán dentro de dos semanas lo que a la niña le resulta del todo incomprensible, ¿cómo es posible recordar lo que aún no ha sucedido? La respuesta se halla en el orden invertido del lugar. Todo funciona así. Al revés del funcionamiento del mundo que Alicia conoce. La cuarta jugada de Alicia sucede en este capítulo.

Una Oveja que teje entra en escena. Y tal y como todos los animales y las cosas aquí, posee las mismas propiedades de los seres humanos. Plantea este personaje, la Oveja, más dilemas a la pobre Alicia, puedes mirar hacia delante y hacia los lados, pero mirar alrededor es imposible. Realiza Alicia la quinta jugada.

El capítulo VI nos trae a Tentetieso, un huevo que crece hasta alcanzar gran tamaño y tomar cierta apariencia de hombre. Tentetieso cuestiona el nombre de Alicia, le parece estúpido por no significar nada. Se plantea así la cuestión de si los nombres propios han de significar algo como los nombres comunes. Debaten también acerca de otras palabras y sus significados.

En el capítulo VIII presenciamos la llegada de pelotones de soldados que pasan junto a Alicia. El Rey Blanco entra también en escena. No olvidemos que en realidad se está jugando una partida de ajedrez. Se cuestiona aquí la frase ver a nadie frente a la otra frase ver a alguien. Los juegos lingüísticos están en este cuento más presentes que en su antecesor, en el que también estaban muy presentes.

En este segundo sueño todo es más complicado.

El Unicornio y el León ocupan también un lugar de importancia en este capítulo en el que Alicia realizará, además, su sexta jugada.

Comienza el capítulo IV con el cuestionamiento por parte de Alicia sobre si lo que está viviendo es su sueño o es el sueño del Rey. Se encuentra con el Caballero, que es en realidad el caballo (en el ajedrez), y que la escolta para que cruce un arroyo. Realiza Alicia su séptima y octava jugada. Quiere llegar a ser Reina, tal y como ella misma dice al Caballero. En este viaje el fin no es el ansiado jardín del País de las Maravillas, sino llegar a Reina.

Alicia ha llegado a Reina, así comienza el noveno capítulo. Al principio teme que la corona se le caiga pero se va acostumbrando (Alicia, como todos los seres humanos siempre se acaban habituando) y piensa: «ya me acostumbraré a llevarla con el tiempo». Se refiere, claro está, a la corona, la posición soñada, la meta. Pero la Reina Roja y la Reina Blanca aparecen en ese momento. En este capítulo presenciamos la victoria de Alicia que da jaque mate al dormido Rey Rojo.

El brevísimo décimo capítulo nos muestra a Alicia zarandeando a la Reina Roja, que en el undécimo capítulo resulta ser el gatito de Alicia, señalando así el despertar del sueño y el final del viaje a través del espejo.

En el último capítulo Alicia increpa al gatito, «¡confiesa que te has convertido en esta pieza!», señalando la Reina Roja real de su ajedrez, que en este caso no es más que una ficha. Alicia se ha despertado pero se muestra aún confundida, acaso quiera que el sueño no sea sueño y sea simplemente la verdad. La pregunta ¿tú quién crees que ha soñado este sueño? que Alicia hace a su gatito, bien pudiera significar que toda la historia en realidad es el sueño del autor, de Lewis Carroll.

Paula Arenas Martín-Abril

A TRAVÉS DEL ESPEJO
Y LO QUE ALICIA
ENCONTRÓ ALLÍ

ROJAS

BLANCAS

El peón blanco (Alicia) juega y gana en once jugadas.

PREFACIO

Como este problema de ajedrez, planteado en la página anterior, ha creado alguna dificultad a varios de mis lectores, creo conveniente explicar que ha sido correctamente analizado en lo que a sus jugadas se refiere. La «alternancia» de Rojo y Blanco no se observa tal vez tan estrictamente como cabía esperar, y cuando hablamos del «enroque» de las tres Reinas queremos decir que han entrado en palacio, sin embargo, todo aquel que se tome la molestia de colocar las fichas y seguir las jugadas tal como indicamos, comprobará que el jaque al Rey Blanco en la jugada número seis, la captura del Caballo Rojo en la jugada número siete, y el jaque mate final al Rey Rojo son jugadas que se ajustan perfectamente a las reglas del juego del ajedrez.

¡Niña de frente pura y sin mancha
    de ojos soñadores!
Aunque el tiempo corre, y tú y yo
    estamos separados por media vida,
tu preciosa sonrisa sin duda aceptará
    este cuento como regalo de amor.

No he visto tu resplandeciente rostro,
    no he escuchado tu risa de plata;
ningún pensamiento acerca de mí encontrará
    hueco en tu joven vida después;
ya es bastante que no dejes de escuchar
    mi cuento.

Un cuento que empezó en otra época.
    Cuando el sol del verano resplandecía
y un sencillo sonido marcaba
    el ritmo de nuestro remar:
sus ecos todavía viven en mi memoria,
    aunque los crueles años me dirán «olvida».

¡Ven, escucha, antes que la voz del miedo,
    cargada de amargas noticias,
se presente en el lecho no deseado
    de una dama melancólica!
No somos sino niños grandes, querida,
    que se inquietan al acercarse la hora de dormir.

Fuera, el hielo, la nieve cegadora,
    la locura del viento tormentoso;
dentro, la luz y el calor del fuego rojizo
    y la alegría de la infancia.
Las mágicas palabras te arroparán
    y no atenderás a las ráfagas del viento.

Y aunque la sombra de un suspiro
    pueda colarse en la historia,
por los «felices días de verano» pasados,
    desvanecidos en la gloria del estío,
no tocará con su aliento
    la paz de nuestro cuento.

CAPÍTULO I

LA CASA DEL ESPEJO

Una cosa era segura: el gatito blanco no había tenido nada que ver con todo aquello, la culpa era enteramente del gatito negro. La vieja gata había estado ocupada lavando la cara del gatito blanco durante el último cuarto de hora (y éste lo había soportado muy bien); así que resulta clarísimo que no pudo participar del desaguisado.

Así lavaba Dinah la cara de sus hijos: primero, con una pata, sujetaba a los pobrecitos por una oreja, y con la otra les frotaba todo el rostro, comenzando por la nariz. Sucedió en aquel momento, como ya he dicho, cuando la gata se encontraba en plena faena de limpieza del gato blanco, que lo aguantaba sin mover un pelo e intentando ronronear, sin duda pensado que todo aquello se hacía por su bien.

Pero aquella tarde la vieja gata había terminado con el gato negro antes, y así, mientras Alicia estaba sentada acurrucada en un rincón del gran sillón, medio hablando sola, medio dormida, el gato se lo había estado pasando en grande organizando un partido de pelota con el ovillo de lana que Alicia había intentado devanar, volteándolo arriba y abajo hasta que se deshizo, y allí estaba, enmarañado sobre la alfombra, lleno de nudos y enredos, mientras que el gato se empeñaba en perseguir su propia cola dentro del deshecho ovillo.

—¡Oh, tú, gato malo malísimo! —gritó Alicia mientras lo cogía en brazos y le daba un beso para hacerle entender que había caído en desgracia—. Verdaderamente Dinah debería haberte enseñado mejores modales! ¡Dinah, tendrías que haberlo hecho! —añadió Alicia dirigiendo una mirada de reproche a la vieja gata, utilizando el tono de voz más severo y enfadado del que era capaz, para después sentarse de nuevo en el sillón, con el gato y la lana enredada en sus brazos, tratando de ovillarla una vez más. Sin embargo, no avanzaba en su tarea demasiado deprisa, ya que no paraba de hablar, a veces con el gato y otras veces consigo misma. El minino se había sentado calladamente en sus rodillas, fingiendo observar con atención el proceso de devaneo del ovillo y extendiendo de cuando en cuando una patita para tocarlo con delicadeza, como queriendo ayudar a Alicia.

—¿Sabes qué día es mañana, gatito? —preguntó Alicia—. Lo habrías adivinado si te hubieses asomado a la ventana conmigo, pero como Dinah te estaba limpiando, por eso no pudiste. Estaba observando cómo los chicos recogían leña para la fogata... ¡Había tantos troncos! Pero hacía tanto frío y comenzó a nevar de tal forma que tuvieron que dejarlo. ¡No importa, gatito, mañana iremos a ver la fogata!

Al llegar a este punto, Alicia dio dos o tres vueltas alrededor del cuello del gatito con el hilo de lana, solamente para ver cómo le sentaba; esto hizo que el gatito se sobresaltara y que el ovillo se cayera al suelo deshaciéndose otra vez.

—Sabes, gatito, ¡estaba tan furiosa! —continuó Alicia, tan pronto como se hubieron acomodado de nuevo—. ¡Cuando vi todo el lío que habías organizado estuve a punto de abrir la ventana, sacarte fuera y dejarte en la fría nieve! ¡Y bien que te lo tenías merecido, gatito travieso! Ahora, ¿tienes algo que decir en tu defensa? ¡No, no me interrumpas! —siguió diciendo la niña, levantando el dedo—. Voy a recordarte todo lo que has hecho mal. En primer lugar, le gruñiste a Dinah dos veces esta mañana mientras te lavaba la cara. ¡No puedes negarlo, porque yo misma te oí! ¿Qué me dices ahora? —dijo Alicia, pretendiendo que el gato hablara—. ¿Que te metió la pata en el ojo? Bueno, eso es culpa tuya por tener los ojos abiertos mientras te lavan; si los hubieses cerrado, nada habría sucedido. ¡Ahora escúchame y deja de inventarte excusas! En segundo lugar, ¡le tiraste del rabo a Copo de Nieve cuando iba a beber leche del cuenco que yo le había preparado! ¿Que tú también tenías sed? ¿Y cómo sabes que ella no tenía tanta sed como tú? Y en tercer lugar, ¡deshiciste el ovillo de lana aprovechándote de que yo no te miraba! ¡Éstas son tus tres faltas, gatito, y todavía no has recibido ningún castigo por ellas! Ya sabes que estoy reservando todos tus bien merecidos castigos para el miércoles. ¡Imagínate que a mí me guardasen todos mis castigos para el mismo día! —continuó la niña, hablando más bien para sí misma que para el gato—. ¿Qué harían conmigo al finalizar el año? Seguro que me mandarían a prisión cuando ese día llegase. O tal vez —veamos— supongamos que por cada castigo me dejasen sin cenar: entonces, cuando ese día triste llegara, ¡me quedaría por lo menos sin cincuenta cenas! Aunque eso no me importaría demasiado... ¡Preferiría ayunar cincuenta cenas que tener que comerlas! ¿Oyes cómo golpea la nieve contra los cristales de las ventanas, gatito? ¡Qué sonido tan suave y agradable! Es como si alguien estuviera besando desde fuera la ventana. Me pregunto si la nieve está enamorada de los árboles y los campos, y por eso los besa tan suavemente. Y más tarde los cubre con su manto blanco, sabes, y quizá les susurra: «Dormid, queridos, hasta que regrese el verano». Y cuando ellos se despierten en verano, gatito, se vestirán de verde y bailarán al son del viento. ¡Oh, qué escena tan agradable! —exclamó Alicia, dejando caer el ovillo de lana para dar palmas—. ¡Ojalá fuese cierto! Estoy convencida de que los bosques parecen tener sueño en otoño, cuando las hojas se tornan marrones.

—Gatito, ¿sabes jugar al ajedrez? Vamos, no sonrías, precioso, te lo estoy preguntando en serio. Cuando estábamos jugando, nos mirabas como si comprendieses el juego y cuando yo dije «¡Jaque!», ¡tú ronroneaste! Está bien, fue un buen jaque, gatito, y yo mecería haber ganado, de no haber sido por aquel malvado alfil, que consiguió escurrirse entre mis piezas. Gatito, querido, imaginemos...

Me gustaría poder contaros la mitad de las cosas que Alicia solía decir, comenzando con su palabra favorita «Imaginemos». Alicia había tenido una larga discusión con su hermana el día anterior, todo porque Alicia había empezado a exclamar: «Imaginemos que somos reyes y reinas». Y su hermana, a quien le gustaba la precisión en todo, le había contestado que aquello era imposible, ya que eran solamente dos, hasta que Alicia, al final, se vio obligada a determinar: «Está bien, en ese caso tú serás uno de ellos y yo seré todos los demás». En otra ocasión Alicia había asustado de veras a una de sus nodrizas gritándole de improviso en el oído: «¡Aya, imaginemos que yo soy una hiena hambrienta y que tú eres un apetitoso hueso!»

Pero nos hemos alejado de la conversación de Alicia con el gatito. Ella le decía:

—¡Imaginemos que tú, gatito, eres la Reina Roja! Sabes, creo que si te sentaras muy tieso y con los brazos cruzados te parecerías mucho a ella. Venga, ¡inténtalo! —Y Alicia levantó a la Reina Roja del tablero y la colocó delante del gatito para que le sirviera de modelo; pero esto no tuvo demasiado éxito, porque, según Alicia, el gatito no doblaba los brazos en la forma correcta. Por tanto, y como castigo, lo tomó y lo colocó delante del espejo para que viese su desgarbada figura:

—Y si no te portas bien —añadió—, te llevaré a la Casa del Espejo. ¿No te gustaría, verdad?

—Veamos, si prestases atención en vez de hablar tanto,

gatito, te contaría todo lo que sé sobre la Casa del Espejo. En primer lugar, hay una habitación que puedes ver a través del espejo; se parece mucho a nuestro salón, la única diferencia es que las cosas están al revés. Puedo verlo todo si me subo a una silla, todo menos lo que hay detrás de la chimenea. ¡Oh! ¡Me gustaría tanto poder ver lo que hay allí! Quiero saber si encienden fuego en el invierno: es muy difícil distinguirlo, excepto cuando el fuego de nuestra chimenea comienza a humear, ¡entonces se puede ver también humo en aquella habitación!, pero tal vez no es más que un truco, para que parezca que ellos también tienen fuego. Sus libros se asemejan a nuestros libros, sólo que las palabras están escritas al revés; lo sé porque puse uno de nuestros libros frente al espejo y entonces ellos hicieron lo mismo en la otra habitación. ¿Te gustaría vivir en la Casa del Espejo, gatito? ¿Crees que allí también te darían leche? Tal vez la leche de la Casa del Espejo no esté muy rica, pero, ¡oh gatito!, veamos ahora el pasillo. Sólo se puede entrever un poco del pasillo de la Casa del Espejo dejando la puerta de nuestro salón abierta de par en par y, por lo que se ve, se parece bastante a nuestro pasillo, aunque puede que más allá de lo que la vista alcanza sea diferente. ¡Oh gatito! ¡Cómo me gustaría que pudiéramos entrar en la Casa del Espejo! ¡Estoy segura de que contiene tantas cosas maravillosas! Imaginemos que hay una manera de entrar, gatito, sea la que sea. Imagínate que el cristal se ablanda y que así podemos atravesarlo. Pero, ¡parece que se está empañando! Ahora resultaría fácil traspasarlo...

Mientras pronunciaba estas palabras, Alicia se encaramó a la repisa de la chimenea, sin saber muy bien cómo. Y en verdad el cristal estaba empezando a deshacerse, como si de una niebla plateada y brillante se tratara.

Al instante Alicia había traspasado el espejo y se había dejado caer con suavidad en el salón de la casa del otro lado.

Lo primero que hizo fue comprobar si ardía un fuego en la chimenea, y se sintió feliz al constatar que sí, y que se trataba de un fuego real, tan vivo y chispeante como el de la habitación que acababa de dejar atrás. «Aquí estaré tan calentita como en la antigua habitación», pensó Alicia: «De hecho, aún más caliente porque no hay nadie que me regañe y me ordene alejarme del fuego. ¡Oh, qué divertido va a ser cuando me vean aquí a través del espejo y no puedan alcanzarme!»

Entonces comenzó a mirar a su alrededor y se dio cuenta de que todo lo que se podía divisar desde la otra habitación era bastante corriente y no tenía nada de excepcional, mientras que el resto de las cosas era completamente diferente. Por ejemplo, los cuadros colgados de la pared cerca de la chimenea parecían estar vivos, y el reloj de la repisa de la chimenea (del que sólo se ve la parte posterior en el espejo del salón) tenía la cara de un anciano, que la miraba y sonreía.

«Este salón no está tan ordenado como el otro», pensó Alicia, al observar que había varias piezas de ajedrez caídas entre las cenizas de la chimenea, pero, de pronto, con un grito de sorpresa, cayó al suelo de rodillas para observarlas mejor. ¡Las piezas de ajedrez se movían de dos en dos!

—Aquí están el Rey y la Reina Rojos —dijo Alicia muy bajito, por miedo a asustarlos—, y allí están el Rey y la Reina Blancos, sentados en el borde de la badila de la chimenea, y por allí van las dos torres, paseando del brazo... No creo que puedan oírme —siguió diciendo Alicia, mientras se inclinaba sobre las piezas—, y estoy prácticamente convencida de que no pueden verme. Me siento como si fuera invisible...

En ese momento algo empezó a proferir chillidos sobre la mesa, lo que hizo a Alicia volverse y mirar, justo a tiempo de ver a uno de los peones blancos tirarse por el suelo y ponerse a patalear, lo observó llena de curiosidad para ver qué iba a ocurrir después.

—¡Es la voz de mi niña! —gritó la Reina Blanca, derribando a su paso al Rey entre las cenizas—. ¡Mi preciosa Lily! ¡Mi imperial bebé! —exclamó mientras comenzaba a trepar atropelladamente por el guardafuegos de la chimenea.

—¡Imperiales tonterías! —exclamó por su parte el Rey, tocándose la nariz, que se había lastimado al caer. Razón tenía para estar un *poco* enfadado, ya que estaba cubierto de ceniza de los pies a la cabeza.

Alicia estaba deseosa de ayudar, y, como la pobre y pequeña Lily continuaba gritando tan fuerte como era capaz, tomó a la Reina entre sus manos y la depositó sobre la mesa al lado de su ruidosa hija.

La Reina, respirando con dificultad por el susto, se sentó: el veloz viaje por los aires la había dejado sin aliento, y durante un par de minutos no pudo sino abrazar a la pequeña Lily en silencio. En cuanto se repuso un poco, advirtió al Rey Blanco, que estaba sentado todavía enfurruñado entre las cenizas:

—¡Cuidado con el huracán!

—¿Qué huracán? —respondió el Rey, mirando con ansiedad el fuego, como si aquél fuese el lugar más indicado para encontrarlo.

—Me llevó por los aires —jadeó la Reina, sin haber recobrado el aliento del todo—. Será mejor que subas por el camino de siempre. ¡Cuidado, no te arrastre!

Alicia observaba al Rey Blanco mientras éste luchaba por trepar de barra en barra, hasta que al fin dijo:

—Tardarás horas y horas en subir a la mesa a ese paso. Será mejor que te ayude, ¿no? —Pero el rey hizo caso omiso a este ofrecimiento: estaba claro que no podía verla ni oírla.

Así que Alicia le agarró muy suavemente y le transportó más despacio que a la Reina, para no dejarle a él también sin respiración del susto, pero, antes de depositarle sobre la mesa, pensó que debería quitarle un poco el polvo, pues estaba cubierto de cenizas.

Más tarde afirmó que nunca en su vida había visto una cara como la que puso el Rey cuando se vio elevado por los aires por una mano invisible, que al tiempo le limpiaba: estaba demasiado atónito como para poder gritar, aunque sus ojos y boca se agrandaron y se redondearon más y más, hasta que la mano de Alicia temblaba tanto por la risa que casi le deja caer al suelo.

—¡Oh, por favor, no ponga esa cara, querido! —gritó Alicia, olvidándose de que el Rey no podía oírla—. ¡Me hace reír tanto que casi no puedo sujetarle! ¡Y no abra tantísimo la boca! Va a tragarse toda la ceniza; bueno, ya está limpio —añadió, atusándole el pelo y dejándole con sumo cuidado sobre la mesa al lado de la Reina.

Inmediatamente el Rey se cayó de espaldas y permaneció inmóvil. Alicia se asustó un poco pensando en lo que había hecho y empezó a recorrer la habitación en busca de agua que echarle encima para reanimarlo. Sin embargo, lo único que pudo encontrar fue un tintero; cuando regresó a la mesa con él, el Rey ya se había repuesto y estaba hablando con la Reina en susurros entrecortados; tan bajo, que le resultaba casi imposible escuchar su conversación.

El Rey estaba diciendo:

—¡Te aseguro, querida mía, que se me helaron hasta los bigotes!

A lo que la Reina replicó:

—¡Pero si no tienes bigotes!

—¡Nunca, nunca olvidaré —prosiguió el Rey—, el horror de ese momento!

—Sí que lo olvidarás —dijo la Reina—, si no lo escribes.

Alicia observó con gran interés cómo el Rey sacaba un enorme cuaderno de notas de su bolsillo y comenzaba a escribir. Una súbita idea le cruzó la cabeza y, sujetando la punta del lápiz, que sobresalía por encima del hombro del monarca, comenzó a escribir lo que ella quería.

El pobrecito Rey tenía una expresión entre asustada y triste, y se empeñó en luchar con el lápiz durante un tiempo sin decir nada; pero Alicia era demasiado fuerte para él, y al fin exclamó:

—¡Querida! Tengo que buscar un lápiz más pequeño. No soy capaz de manejar éste; escribe un montón de cosas que yo no quiero escribir...

—¿Qué clase de cosas? —preguntó la Reina, mirando al cuaderno en el que Alicia había escrito: «El Caballo Blanco se está deslizando por el atizador. Casi no puede mantener el equilibrio»—. ¡Esto no tiene nada que ver con lo que tú sientes!

Había un libro cerca de Alicia sobre la mesa y, mientras ella se sentaba observando al Rey Blanco (ya que estaba un poco preocupada por él, con la tinta ya preparada para tirársela por encima si se desmayaba de nuevo), pasó las páginas del libro hasta encontar un extracto que poder leer, «ya que está escrito en un idioma que no conozco» se dijo a sí misma.

El libro decía así:

YKCOWREBBAJ

mgvyee fbtjfye kjeu
mcdjhyf bfgfig bsgjhg
mklfjjjgyt khgihtr, hikuok,
bvgfowheg bgiho, mhkipofui.

Alicia se quedó desconcertada durante unos minutos, pero al fin tuvo una brillante idea. «¡Claro, es un libro de la Casa del Espejo! Si lo coloco delante de un espejo las palabras se colocarán en su lugar y podré leerlas!»

Éste es el poema que Alicia leyó:

JABBERWOCKY

Borgotaba, y los toves visco-ágiles
 rijando en la solea, tadralaban;
misébiles los borgoves,
 y un poco momios los verdes brasilaban.

¡Cuidado, hijo, con el Jabberwocky!
 ¡Muerde con los dientes y con las garras apresa!
¡Cuidado con el Pájaro Jubjub y escapa del
 furiosamante Magnapresa!

Cogió su espada de vorpa en la mano,
 hacía tiempo que buscaba a su enemigo;
bajo el árbol Tum-Tum descansó,
 y allí quedó cavilando.

Y estando inmerso en abismal pensamiento,
 el Jabberwocky, con ojos incendiados,
apareció tufando por el bosque foscuro,
 ¡rápido y burbujeante!

¡Uno, dos! ¡Uno, dos! ¡De parte a parte
 la espada le atraviesa!
Le dio muerte, y con la cabeza
 se marchó galofando.

«¿Has dado muerte al Jabberwocky?
 ¡A mis brazos, niño radiante!
¡Oh, día risolegre! ¡Hurra, hurra!»,
 risotaba jubiloso.

---

* *Jabber* significa en inglés «Parloteo sin sentido». La palabra *Jabberwocky* no tiene traducción.

Borgotaba y los toves visco-ágiles,
   rijando en la solea, tadralaban;
misébiles los borgoves,
   y un poco momios los verdos brasilaban.

—Me parece muy bonito —dijo Alicia al concluir de
leer el poema—, aunque es un poco difícil de comprender
—(como veis no le gustaba confesarse ni siquiera a sí
misma que no había entendido ni una sola palabra)—. De
algún modo parece llenar mi cabeza de ideas. ¡Sólo que no
sé exactamente lo que son! De todas formas, «alguien» ha
matado a «algo»: eso está claro.

«Pero, ¡oh!» pensó Alicia, saltando de repente. «¡Si no
me doy prisa tendré que atravesar el espejo sin haber visto
cómo es el resto de la casa! ¡Veamos el jardín primero!» En
un segundo había salido de la habitación, bajado corriendo
las escaleras o, mejor dicho, no exactamente corriendo, sino
con una invención nueva para bajar escaleras deprisa y con
facilidad, como Alicia se dijo a sí misma. Simplemente apoyaba la punta de los dedos en la barandilla y dejaba que su
cuerpo flotara suavemente hacia abajo, sin tener que apoyar
los pies en los peldaños; después cruzó flotando el vestíbu-
lo de la misma manera, y hubiese salido volando por la puerta principal de no haberse agarrado a una de las jambas. Se
sentía un poco mareada de tanto flotar por los aires y bastante contenta de volver a poner los pies en el suelo y caminar normalmente.

CAPÍTULO II

EL JARDÍN DE LAS FLORES VIVAS

«Podría observar el jardín mucho mejor» se dijo Alicia a sí misma, «si me encaramase a lo alto de esa colina; allí mismo hay un camino que sube derecho hacia arriba; ¡no!, no lleva allí directamente» (después de andar y dar vueltas y más vueltas por el camino), «pero supongo que llegaré a la cima. ¡Qué vueltas tan curiosas! ¡Esto parece más bien un sacacorchos que un camino! Bueno, esta vuelta conduce a la cima, supongo. ¡Pues no! ¡Vuelve directamente hacia la casa! Bueno, probemos por el otro lado.»

Y eso mismo hizo: caminar arriba y abajo, probar camino tras camino, y uno tras otro terminaban al final en la casa, hiciera Alicia lo que hiciera. De hecho, en una ocasión, dobló el recodo de un camino con tal rapidez que casi se choca contra la Casa del Espejo.

—No hay manera —dijo Alicia, mirando a la casa como si hablase con ella—. Pues no voy a entrar aún. Sé que debería atravesar el espejo de nuevo y volver a la antigua habitación, ¡pero eso significaría el final de mi aventura!

Así que le dio la espalda a la casa con decisión y se dirigió, una vez más, por un sendero, con la firme intención de continuar caminando hasta alcanzar la cima de la colina. Durante unos minutos todo iba bien, y Alicia se las prometía muy felices —Seguro que esta vez lo conseguiré— cuando el camino de pronto dio un giro brusco y se retorció (tal como Alicia descubriría más tarde), y en un instante se encontró de nuevo frente a la casa.

—¡Oh, qué horror! —gritó la niña—. ¡Nunca había visto una casa tan cabezota! ¡Nunca!

Sin embargo, la colina seguía frente a ella y no había otro remedio que intentar alcanzar su cima de nuevo. Esta vez llegó a un gran macizo con flores, bordeado de margaritas y con un sauce llorón en el centro.

—¡Oh, Azucena Atigrada! —dijo Alicia, dirigiéndose a la flor que se mecía dulcemente con la brisa—. ¡Ojalá pudieses hablar!

—¡Nosotras *podemos* hablar, naturalmente! —contestó la Azucena Atigrada—: Siempre que haya alguien con quien merezca la pena hacerlo.

Alicia estaba tan asombrada que no pudo pronunciar palabra durante un minuto: parecía que se había quedado sin aliento. Por fin, viendo que la Azucena seguía meciéndose con la brisa, Alicia habló de nuevo, con voz tímida, casi un susurro:

—¿Y pueden hablar todas las flores?

—Tan bien como tú —contestó la Azucena Atigrada—. Y más fuerte.

—No nos corresponde hablar a nosotras primero por educación, ¿sabes? —dijo la Rosa—. ¡Me estaba preguntando cuándo te decidirías a hablar! Yo pensaba: «Su cara refleja *algo* de sentido común, ¡aunque no es una niña demasiado lista!» Sin embargo, tienes un bonito color, y eso siempre ayuda.

—A mí no me importa nada su color —remarcó la Azucena Atigrada—. Si sólo sus pétalos estuviesen un poco más curvados, no estaría del todo mal.

A Alicia no le gustaban en absoluto las críticas, así que empezó a hacer preguntas:

—¿No os da miedo estar plantadas aquí afuera, sin nadie que cuide de vosotras?

—Hay un árbol en el centro —dijo la Rosa—. ¿De qué serviría si no?

—¿Pero que podría hacer él, si os acechase algún peligro? —preguntó Alicia.

—Podría ladrar —contestó la Rosa.

—¡Dice «guau guau»! —gritó una Margarita—: Por eso sus ramas se llaman «lloronas».

—¿No sabías eso? —voceó otra Margarita, y todas se pusieron a gritar al mismo tiempo, hasta que el aire se llenó con sus chirriantes voces—. ¡Silencio todas! —ordenó la Azucena Atigrada, agitando su cuerpo con violencia de lado a lado y temblando con nerviosismo—. ¡Saben que no me puedo acercar a ellas —jadeó, girando su cabeza hacia Alicia—, de lo contrario no se atreverían a chillar!

—¡No tiene importancia! —dijo Alicia en tono conciliador, e, inclinándose sobre las margaritas que estaban empezando a vociferar de nuevo, les susurró—: Si no os calláis, ¡os arranco de una en una!

Se hizo silencio al instante, y algunas de las margaritas rosas se tornaron blancas.

—¡Muy bien! —exclamó la Azucena Atigrada—. Las margaritas son las peores de todas. Cuando habla una, empiezan a parlotear todas, y el solo escucharlas es suficiente para marchitarse!

—¿Cómo es que podéis hablar todas tan bien? —preguntó Alicia, con la esperanza de crear una atmósfera más sosegada con este cumplido—. He visitado muchos otros jardines antes, pero ninguna de sus flores podía hablar.

—Pon tu mano en el suelo y siente la tierra —dijo la Azucena Atigrada—. Entonces entenderás por qué.

Alicia hizo lo que le decían.

—Está muy duro —dijo—, pero no veo qué tiene esto que ver con el hecho de que podáis hablar.

—En la mayoría de los jardines —continuó la Azucena Atigrada—, las flores están plantadas en unos lechos tan blandos que siempre están dormidas.

Parecía una explicación muy razonable, y Alicia estaba encantada de entenderla.

—¡Nunca se me había ocurrido antes! —exclamó.

—Yo creo que tú no piensas jamás —dijo la Rosa en un tono más bien severo.

—Nunca vi a nadie tan estúpido —comentó una Violeta, tan repentinamente que Alicia saltó sobresaltada al oírla, ya que esta flor no había abierto la boca antes.

—¡Cállate! —gritó la Azucena Atigrada—. ¡Como si *tú* vieses a alguien alguna vez! ¡Te pasas todo el día con la cabeza entre las hojas, roncando! ¡Qué idea tendrás tú de lo que pasa en el mundo, si no eres más que un capullo!

—¿Hay otras personas en este jardín aparte de mí? —inquirió Alicia, al tiempo que ignoraba el último comentario de la Rosa.

—Hay una flor en este jardín que se puede mover como tú —dijo la Rosa—. Me pregunto cómo lo hace...

—Te pasas el día entero preguntando —le cortó la Azucena Atigrada.

—Pero su corola es más espesa que la tuya.

—¿Se parece a mí? —preguntó Alicia con interés, ya que se le había ocurrido esta idea—: ¡Hay otra niña en alguna parte de este jardín!

—Bueno, al menos tiene una figura tan desgarbada como la tuya —dijo la Rosa—: Pero su color es de un rojo más intenso... y creo que sus pétalos son más cortos.

—Sus pétalos están más recogidos, como los de una dalila —interrumpió la Azucena—: No están tan desordenados como los tuyos.

—Aunque no es culpa tuya —añadió la Rosa con amabilidad—: Te estás empezando a marchitar, ¿sabes?, y cuando llega ese momento nadie puede evitar que sus pétalos estén desordenados.

A Alicia no le agradó esta idea lo más mínimo; así que, para cambiar de tema, preguntó:

—¿Viene alguna vez por aquí?

—Me atrevería a decir que la verás pronto —contestó la Rosa—. Es una flor de esas que tienen espinas.

—¿Dónde tiene las espinas? —inquiririó Alicia con curiosidad.

—Pues alrededor de su cabeza, como es natural —replicó la Rosa—. Me preguntaba por qué no tenías espinas tú también. Yo creía que era algo muy común.

—¡Aquí viene! —exclamó la Espuela de Caballero—. ¡Oigo sus pasos, pum, pum, pum, sobre la gravilla del sendero!

Alicia se volvió para mirar con avidez, pero lo que vio fue a la Reina Roja. «¡Ha crecido muchísimo!» fue lo primero que pensó. Y así era en efecto: cuando Alicia la había visto por vez primera entre las cenizas sólo tenía tres pulgadas de altura, y allí estaba ahora, ¡sacándole a Alicia una cabeza!

—Sin duda es debido al aire fresco —dijo la Rosa—: Es un aire maravilloso el que sopla por allí.

—Iré a su encuentro —dijo Alicia, ya que, aunque las flores resultaban muy interesantes, prefería conversar con alguien de la importancia de una reina.

—No puedes hacer semejante cosa —dijo la Rosa—: Te aconsejaría que te fueras por la dirección contraria.

Este comentario le pareció a Alicia una tontería, así que, sin decir palabra, se fue de inmediato hacia donde estaba la Reina Roja. Cuál no sería su sorpresa cuando ésta desapareció en un instante y Alicia se encontró otra vez ante la puerta principal de la Casa del Espejo.

Algo enfadada, dio media vuelta y, después de haber buscado a la Reina Roja por todos los rincones (a quien divisó por fin, a una distancia considerable), pensó que lo mejor sería, esta vez, caminar en la dirección contraria.

Esta vez acertó. No llevaba caminando ni un minuto cuando se encontró cara a cara con la Reina Roja, y frente a la colina que había estado intentando alcanzar infructuosamente.

—¿De dónde vienes? —le preguntó la Reina Roja—. ¿Hacia dónde vas? Mírame, habla con claridad y deja de estrujarte los dedos todo el tiempo.

Alicia obedeció, y le explicó, de la mejor manera que pudo, que había perdido su camino.

—No sé qué quieres decir con eso de *tu* camino —replicó la Reina—: Todos los caminos que ves por aquí *me* pertenecen; pero, ¿por qué has venido aquí? —inquirió en tono más conciliador—. Haz una reverencia mientras piensas en lo que vas a responder y así te ahorrarás tiempo.

Alicia estaba un poco sorprendida ante esta nueva manera de ahorrar tiempo, aunque el respeto y miedo que sentía por la Reina eran lo suficientemente grandes como para creerla. «Tengo que poner esto en práctica cuando vuelva a casa», se dijo para sus adentros, «la próxima vez que llegue tarde a cenar».

—Debes responderme ahora —manifestó la Reina, mirando su reloj—: Abre un poco más la boca cuando hables y dirígete a mí siempre con el título de «majestad».

—Sólo quería ver cómo era este jardín, majestad...

—Está bien —replicó la Reina, dándole a la niña unos golpecitos en la cabeza que no le hicieron ninguna gracia—: Aunque mira que llamar a esto *jardín*... *Yo* sí que he visto jardines, y éste a su lado no es más que un simple desierto.

Alicia no se atrevió a discutir con la Reina, y continuó:

—... Pensé que podía intentar encontar el camino para llegar a la cima de esa colina...

—¿Colina dices? —interrumpió la Reina—. Yo sí que podría enseñarte colinas; en comparación con ellas, ésta no es más que un simple valle.

—Eso no puede ser —replicó Alicia, sorprendida de haberse atrevido a contradecir a la Reina—: una colina *no* puede ser un valle. Eso es una tontería...

La Reina Roja sacudió su cabeza.

—Puedes decir que es una tontería, si quieres —prosiguió—, pero para tonterías las que yo he oído, y a su lado, ésta parece más bien un sensato diccionario.

Alicia le hizo un pequeña reverencia, ya que, por el tono empleado, la Reina parecía estar un poco molesta, y comenzaron a caminar en silencio hasta que alcanzaron la cima de la pequeña colina.

Alicia permaneció unos minutos sin decir palabra, mirando el campo en todas direcciones... ¡Era un campo tan curioso! Una especie de pequeños arroyuelos lo surcaban de punta a punta, y el suelo que quedaba en medio estaba dividido en cuadrados por una serie de setos, que lo cruzaban de lado a lado.

—¡El campo está trazado como si fuera un gran tablero de ajedrez! —exclamó Alicia al fin—. Debería haber hombres moviéndose por algún sitio... ¡Allí están! —añadió con tono alegre la niña, con el corazón latiendo de felicidad mientras continuaba—: ¡Están jugando una gran partida de ajedrez, por el mundo entero! Bueno, si esto *es* el mundo. ¡Oh, qué divertido! ¡Cómo me gustaría jugar a mí también! ¡No me importaría nada ser peón, con tal de poder jugar, aunque, desde luego, ¡preferiría ser reina!

Al decir esto dirigió una tímida mirada a la Reina, por si la había ofendido, pero ésta sonreía amablemente y dijo:

—Eso es fácil. Puedes ser el peón de la Reina Blanca si quieres, porque Lily es demasiado pequeña para jugar; ya sabes que se empieza en la segunda casilla: al llegar a la octava serás reina... Justo en ese momento, de alguna forma, comenzaron a correr.

Alicia, al recapacitar sobre aquello más tarde, nunca pudo explicarse cómo comenzó esa carrera: todo lo que recordaba era que corrían enlazadas de la mano y que la Reina iba tan deprisa que ella no podía seguirle el paso; pero la Reina gritaba sin cesar: «¡Más rápido!» y Alicia sentía que no podía correr más, aunque le faltaba el aliento para decírselo.

Lo más curioso era que los árboles y todo lo que había a su alrededor no cambiaban nunca de posición: no importaba lo rápido que corriesen, no parecían llegar a ninguna parte. «¿Será que estas cosas se mueven al mismo tiempo que nosotras?» se preguntaba la asombrada Alicia. La Reina parecía adivinar sus pensamientos, aunque todo lo que decía era: «¡Más rápido! ¡No intentes hablar!»

Tampoco es que Alicia tuviese muchas ganas de hablar. Sentía que nunca más podría pronunciar una palabra, ya que se estaba quedando sin resuello, pero la Reina seguía gritando: «¡Más deprisa! ¡Más deprisa!» mientras arrastraba a la niña tras de sí.

—¿Estamos cerca? —pudo Alicia por fin preguntar.

—¡Casi hemos llegado! —contestó la Reina—. ¡Claro! ¡Si nos hemos pasado hace diez minutos! ¡Más rápido! —Y siguieron corriendo y corriendo en silencio; Alicia escuchaba el silbido del viento en sus oídos: era tan fuerte que le parecía que casi le arrancaba el cabello de la cabeza.

—¡Vamos, vamos! —gritaba la Reina—. ¡Más deprisa, más deprisa!

Corrían a tal velocidad que parecían deslizarse por el aire sin tocar el suelo con los pies, hasta que de pronto, justo cuando Alicia creía que no podía aguantar más, se pararon. Alicia se sentó en el suelo, completamente exhausta, sin respiración y mareada.

La Reina le ayudó a recostarse contra un árbol y le dijo afablemente:

—Ahora puedes descansar un ratito si quieres.

Alicia miró a su alrededor con asombro.

—Pero... ¡si yo creo que he estado bajo este árbol todo el tiempo! ¡Todo está exactamente igual que antes!

—Por supuesto —replicó la Reina—: ¿Cómo iba a estar si no?

—Bueno, en *mi* país —dijo Alicia, jadeando aún—, normalmente llegas a algún sitio si corres deprisa durante un tiempo, como hemos hecho.

—¡Vaya país más lento, el tuyo! —dijo la Reina—. Aquí, ves, tienes que correr tan rápido como puedas para permanecer en el mismo lugar. Si quieres desplazarte a otro, ¡tienes que correr el doble de rápido!

—¡No, por favor! —suplicó Alicia—. Estoy muy contenta aquí, ¡pero tengo tanto calor y tanta sed!

—Me lo imaginaba —contestó la Reina cariñosamente, sacando una cajita de su bolsillo—. ¿Quieres una galleta?

Alicia pensó que sería de mala educación rechazarla, aunque no era precisamente una galleta lo que quería. Así que la cogió y se la comió como pudo: ¡estaba tan seca! Pensó que nunca antes había estado tan cerca de atragantarse.

—Mientras te refrescas —continuó la Reina—, yo voy a tomar medidas. —Y sacó una cinta de su bolsillo, marcada en yardas, y empezó a medir el suelo, marcando las distancias con unos clavitos de madera.

—Cuando haya avanzado dos yardas —dijo, clavando un clavito a esa distancia—, te daré las instrucciones. ¿Otra galleta?

—No, muchas gracias —contestó Alicia—: ¡Ya he tenido bastante con una!

—¿Verdad que son muy refrescantes? —preguntó la Reina.

Alicia no sabía qué contestar, pero afortunadamente la Reina no esperaba una respuesta, tan ocupada como estaba.

—Cuando haya avanzado tres yardas te repetiré las instrucciones pues ¡tengo miedo que se te olviden! Cuando haya avanzado cuatro, me despediré. Y cuando haya avanzado cinco, ¡desapareceré!

Ya estaban todas las clavijas dispuestas sobre el suelo, y Alicia observaba con interés a la Reina que había regresado junto al árbol y comenzaba a recorrer el camino marcado por las clavijas.

Al llegar a la que marcaba dos yardas, la Reina se dio media vuelta y, dirigiéndose a Alicia, dijo:

—Un peón puede avanzar dos casillas en su primera jugada. Así que pasarás *muy* deprisa por la tercera casilla —en tren, pienso yo— y de esta forma te encontrarás rápidamente en la cuarta casilla. Bueno, *esa* casilla pertenece a Tweedledum y a Tweedledee; en la quinta casi todo lo que hay es agua, la sexta pertenece a Humpty Dumpty. ¿Es que no tienes ninguna pregunta que hacer?

—Yo... yo no sabía que tuviese que preguntar nada... en este momento —replicó Alicia con voz trémula.

—Pues deberías afirmar —replicó la Reina con tono de reprobación—, que soy muy amable al contarte todas estas cosas; en fin, supongamos que lo has dicho... La séptima casilla es toda bosque, aunque uno de los caballeros te indicará el camino, y en la octava casilla seremos reinas las dos, ¡y lo celebraremos y nos divertiremos!

Alicia se levantó, hizo una pequeña reverencia y volvió a sentarse de nuevo.

Al llegar a la siguiente clavija la Reina se volvió y dijo:

—Habla en francés siempre que no encuentres la palabra inglesa para nombrar alguna cosa, saca ligeramente los dedos de los pies al andar y ¡recuerda siempre quién eres!

La Reina no esperó a que Alicia le hiciera un reverencia esta vez, sino que se encaminó hacia la siguiente clavija muy decidida, desde donde se dio media vuelta para decir «Adiós» y, seguidamente, corrió hacia la última.

Alicia nunca supo cómo ocurrió, pero cuando la Reina alcanzó la última clavija desapareció sin dejar rastro. No había manera de saber si se había desvanecido en el aire o si se había ido corriendo hacia el bosque. «La Reina *puede* correr muy deprisa», pensó Alicia, pero lo cierto es que había desaparecido; Alicia recordó que era un peón y que tendría que empezar a moverse con prontitud.

CAPÍTULO III

LOS INSECTOS DE LA CASA DEL ESPEJO

Evidentemente lo primero que había que hacer era un estudio detallado del país por el que Alicia se disponía a viajar. «Será como estudiar geografía» pensó la niña, mientras se ponía de puntillas con la esperanza de poder divisar un poco más. «Ríos importantes: ninguno. Montañas importantes: me encuentro sobre la única, pero creo que carece de nombre. Ciudades importantes... Pero, ¿qué son esas criaturas ocupadas en fabricar miel allí abajo? No pueden ser abejas, ¡nadie puede divisar abejas a millas de distancia!» Durante algunos minutos la niña permaneció silenciosa, observando a una de aquellas criaturas que se movía por entre las flores, hundiendo su trompa en las corolas «como si se tratase de una abeja común» pensó Alicia.

Sin embargo, aquella criatura no tenía nada de abeja común: de hecho, se trataba de un elefante, tal como Alicia pronto descubrió, y tal revelación la dejó sin respiración por un instante. «¡Deben ser unas flores gigantescas!» fue su siguiente pensamiento. «Parecidas a casas que se hubieran quedado sin tejado y donde se hubieran plantado tallos... ¡Y qué gran cantidad de miel deben estar fabricando! Creo que me acercaré a ver. ¡No! ¡Todavía no!» continuó, parándose cuando había empezado a correr colina abajo e intentando buscar alguna excusa para sus temores. «No bajaré entre esas criaturas hasta tener una larga rama con la que asustarlas. Qué divertido será cuando me pre-

61

gunten qué tal fue el paseo, y yo les responda: «Oh, fue un paseo muy agradable» —y aquí la niña hizo su movimiento favorito con la cabeza—, sólo que hacía mucho calor y el camino estaba lleno de polvo, y ¡esos elefantes me incordiaban tanto!»

«Creo que bajaré por el otro lado», se dijo la niña después de una pausa: «Tal vez les haga a los elefantes una visita más tarde. Además, ¡lo que más me importa ahora es llegar a la tercera casilla!»

Así que con esta excusa Alicia bajó corriendo la colina y cruzó de un salto el primero de los seis arroyos.

* * *

—¡Billetes, por favor! —pidió el revisor, asomando la cabeza por la ventana. En seguida todos los viajeros sacaron sus billetes: eran del mismo tamaño que ellos, y parecían llenar el carruaje enteramente.

—¡Vamos, niña! ¡Enséñame tu billete! —continuó el revisor, mirando muy enfadado a Alicia. Y muchas voces dijeron al unísono (como si recitasen el estribillo de una canción):

—¡No le hagas esperar, niña! ¡Su tiempo vale mil libras el minuto!

—Me temo que no tengo billete —contestó Alicia con recelo—: No había ninguna taquilla allá de donde vengo. El coro de voces repitió:

—No había taquilla en el lugar de donde viene. ¡Esa tierra debe valer mil libras la yarda!

—¡Basta de excusas! —dijo el revisor—: Deberías haberle comprado un billete al conductor de la locomotora. De nuevo el coro de voces repitió:

—¡El hombre que conduce la locomotora! ¡Cada bocanada de humo vale mil libras!

Alicia se dijo a sí misma: «¡Es completamente inútil hablar!» Las voces no le replicaron esta vez, ya que ella no había hablado en voz alta, pero, para su sorpresa, todas pensaron «a coro» (espero que comprendáis lo que significa «pensar a coro» porque debo confesar que yo no): «¡Es mejor no decir nada! ¡El lenguaje vale mil libras la palabra!»

«¡Seguro que sueño con mil libras esta noche!» reflexionó Alicia.

Esta vez el revisor la estaba observando, primero con un telescopio, después con un microscopio y, finalmente, con unos gemelos de teatro. Por fin dijo:

—Estás viajando en dirección contraria —y, cerrando la ventana, se marchó.

—Una niña tan pequeña —dijo el caballero sentado en frente de Alicia (que iba vestido con papel blanco)—, debería saber la dirección en la que viaja, ¡incluso antes de conocer su propio nombre!

Una cabra, sentada junto a este caballero de blanco, cerró los ojos y gritó con fuerza:

—¡Debería conocer el camino a la taquilla incluso antes de aprender el abecedario!

Había también un escarabajo sentado junto a la Cabra (desde luego, eran unos viajeros bien extraños), y, como parecía que cada uno de ellos tenía que hablar por turno, exclamó:

—¡Tendrá que regresar desde aquí como equipaje!

Alicia no alcanzaba a ver quién estaba sentado al lado del Escarabajo, pero pronto escuchó una voz ronca que decía:

—¡Cambio de máquinas! —y después tosió y tuvo que callar.

«Suena como la voz de un caballo» pensó Alicia. Y entonces una vocecita le susurró al oído:

—Puedes hacer un chiste: el caballo se ha quedado ronco.

Después se oyó una voz amable que decía a lo lejos:

—Se le debe de etiquetar: «Niña, manéjese con cuidado...».

Y después otras voces continuaron («¡Cuántos viajeros hay en este carruaje!» pensó Alicia):

—¡Que se la mande por correo, ya que tiene un sello!...

—¡Se le debe enviar como si fuese un mensaje por telégrafo...!

—¡Que conduzca ella el tren el resto del viaje!... —se sucedían los comentarios uno tras otro.

Pero el caballero vestido con papel blanco se inclinó hacia Alicia y le susurró en el oído:

—No hagas caso de lo que digan, pequeña, y saca un billete de ida y vuelta cada vez que pare el tren.

—¡No pienso hacer tal cosa! —replicó Alicia con impaciencia—. No sé qué hago en este trayecto de ferrocarril en absoluto. ¡Pero si yo estaba en un bosque hace un momento!... ¡Cómo me gustaría regresar allí!

—Puedes hacer un chiste —susurró la vocecita en su oído—, algo sobre «me gustaría si pudiera», ¿sabes?

—¡Deja de molestarme! —dijo Alicia, mirando a su alrededor en vano, intentando distinguir de dónde salía la voz—: Si tienes tantas ganas de hacer un chiste, ¿por qué no te inventas tú mismo uno?

La vocecita suspiró profundamente: era *muy* infeliz, eso estaba claro, y a Alicia le hubiese gustado decir algo amable para consolarla. Pensó: «¡Si la vocecita pudiese suspirar como los demás!» Pero el suspiro de la vocecita resultaba tan pequeño que Alicia no habría podido escucharlo, a no ser porque estaba muy próxima a su oído. La consecuencia era que le hacía cosquillas y que alejaba de su mente el sentido de compasión por la infelicidad de la pobre criatura.

—Sé que eres una amiga —continuó la vocecita—, una amiga querida. ¿No me harás daño, aunque sea un insecto?

—¿Qué clase de insecto? —preguntó Alicia con ansiedad. Lo que realmente quería saber era si podía picar o no, aunque consideraba que ésta era una pregunta de mala educación.

—¿Cómo?, entonces tú no... —comenzó a decir la vocecita, pero se ahogó en el chirriante silbido de la locomotora, que hizo saltar de sus asientos a todos los viajeros, Alicia incluida.

El Caballo, que había sacado la cabeza por la ventana, la volvió a meter despacio y dijo:

—Sólo es un arroyo que tenemos que saltar. Todos parecieron satisfechos con esta explicación, aunque Alicia se sentía un poco nerviosa al pensar en trenes que saltaban. «De todas formas, con este salto nos colocaremos en la cuarta casilla, ¡algo es algo!» se dijo para sus adentros. Al momento sintió cómo el ferrocarril se elevaba por los aires, y, presa del pánico, se agarró a la primera cosa que encontró, que resultó ser la barba de la Cabra.

* * *

Pero la barba pareció disolverse al contacto de su mano, y Alicia se encontró de pronto sentada tranquilamente bajo un árbol, mientras que el Mosquito (pues ése era el insecto con el que había estado hablando) se balanceaba sobre una rama justo encima de la cabeza de la niña y lo abanicaba con sus alas.

Era en verdad un mosquito muy grande: «Del tamaño de un pollo» pensó Alicia. De todos modos, después de haber conversado con él largo tiempo, no le asustaba.

—Así que, ¿no te gustan todos los insectos? —prosiguió tranquilamente el mosquito, como si nada hubiera pasado.

—Me gustan mucho cuando pueden hablar —replicó Alicia. En el lugar de donde yo vengo ninguno habla.

—¿Y qué tipo de insectos te gustan más en el lugar de donde vienes? —preguntó el Mosquito.

—No me gusta ninguno —explicó Alicia—, porque me dan miedo, al menos los insectos grandes. Pero te puedo decir los nombres de algunos, si quieres.

—Naturalmente responden a sus nombres —comentó el Mosquito como de pasada.

—Que yo sepa, no.

—Entonces, ¿de qué sirve que tengan nombres —dijo el Mosquito—, si no responden a ellos?

—A *ellos* no les sirve de nada —dijo Alicia—; pero sí a las personas que los nombran, digo yo. Si no, ¿por qué tienen las cosas nombres?

—No lo sé —contestó el Mosquito—. En el bosque que ves allí abajo no tienen nombres, pero sigamos con tu lista de insectos.

—Bueno, en primer lugar están los tábanos —comentó Alicia, mientras llevaba la cuenta con los dedos de la mano.

—Está bien —dijo el Mosquito—: En ese arbusto verás a un tábano mecedora, si miras bien. Está hecho completamente de madera y se mueve columpiándose de rama en rama.

—¿Y de qué vive? —preguntó Alicia con curiosidad.

—De savia y de serrín —contestó el Mosquito—. Pero continúa con tu lista.

Alicia miró al tábano mecedora con gran interés y pensó que alguien lo acababa de peinar, porque tenía un aspecto muy brillante y pegajoso; después prosiguió:

—Luego tenemos a la luciérnaga.

—Si echas un vistazo a la rama que está justo sobre tu cabeza —replicó el Mosquito—, verás a una luciérnaga pastelera. Su cuerpo está hecho de pastel de ciruelas, sus alas de hojas de hojaldre, y su cabeza es una guinda en almíbar.

—¿Y de qué vive? —preguntó Alicia, tal como había hecho antes.

—Pues de trufas y de pastel de carne picada —replicó el Mosquito—, y construye su nido en la caja de un regalo de Navidad.

—Y después tenemos a la mariposa —prosiguió la niña, después de haber estado observando al insecto de luminosa cabeza y de haberse preguntado: «Tal vez sea ésa la razón por la que a todos los insectos les atrae la luz, porque quieren convertirse en luciérnagas pasteleras».

—Arrastrándose a tus pies —dijo el Mosquito (Alicia retiró sus pies asustada)—, podrás ver a una mariposa de pan y mantequilla. Sus alas son rebanadas finas de pan con mantequilla, su cuerpo es de corteza de pan y su cabeza es un terrón de azúcar.

—¿Y de qué vive?

—De té con leche.

Un problema se planteó en la mente de Alicia.

—¿Y qué pasaría si no pudiera encontrar té? —sugirió.

—Entonces moriría, por supuesto.

—Pero eso debe ocurrir muy a menudo —apuntó Alicia.

—Ocurre siempre —dijo el Mosquito.

Después, Alicia se mantuvo en silencio durante un minuto o dos, absorta en sus pensamientos. Mientras tanto el Mosquito se divertía dando vueltas alrededor de su cabeza una y otra vez, provocando un zumbido; por fin se paró y dijo:

—Me imagino que no querrás quedarte sin tu nombre, ¿verdad?

—¡Por supuesto que no! —exclamó Alicia, un poco nerviosa.

—Y sin embargo creo —continuó el Mosquito sin darle mucha importancia a sus palabras—, ¡que te sería muy útil regresar a casa sin él! Por ejemplo, si la institutriz quisiera llamarte para dar la lección, diría: «Ven aquí...», y ahí tendría que pararse, porque no habría ningún nombre que pronunciar, ¡y así no tendrías que acudir a su llamada!

—No creo que diera resultado —contestó Alicia—: La institutriz no me perdonaría las lecciones sólo por eso. Si no pudiese acordarse de mi nombre, me llamaría simplemente «¡señorita!» o «¡chica!», como hace el servicio.

—Bueno, si dijese «señorita» o «chica» y nada más —prosiguió el Mosquito—, tú a la *chica callando* faltarías a la lección. Es un buen chiste. ¡Ojalá se te hubiese ocurrido a *ti*!

—¿Por qué a *mí*? —preguntó Alicia—. Es un chiste malísimo.

El Mosquito suspiró profundamente, mientras dos lagrimones le surcaban las mejillas.

—No deberías contar chistes —prosiguió Alicia—, si te hace sentir tan desgraciado.

De nuevo el Mosquito volvió a suspirar con melancolía, pero esta vez tan profundamente que desapareció del suspiro, ya que, cuando Alicia alzó la mirada, la rama estaba vacía, y Alicia, como se estaba quedando fría de estar tanto tiempo sentada, se levantó y se marchó.

Caminando llegó al poco tiempo a una amplia pradera en cuyo extremo se alzaba un bosque: parecía mucho más oscuro que el anterior, y a Alicia le dio un poco de miedo adentrarse en él. Sin embargo, y pensándolo mejor, decidió aventurarse en el bosque: «Porque lo que no voy a hacer es volver *atrás*» se dijo a sí misma, ya que éste era el único camino para alcanzar la octava casilla.

«Éste debe ser el bosque» se dijo con inquietud, «donde las cosas no tienen nombre. Me pregunto qué le ocurrirá al mío cuando entre en él... No me gustaría nada perderlo, porque tendrían que darme otro nombre, y seguro que me pondrían uno muy feo. Pero, ¡también sería divertido intentar encontrar a la criatura que se lo hubiera llevado! Es lo que ocurre cuando alguien pierde un perro que «responde al nombre de *Chispa* y lleva un collar de latón». ¡Imagínate llamar a todas las cosas «Alicia», hasta que alguna te respondiera! Sólo que ninguna contestaría, si fuesen lo suficientemente listas».

Cavilando de esta forma llegó a la linde del bosque; tenía un aspecto fresco y sombreado. «Bueno, de todas formas es un gran alivio» se dijo al adentrarse bajo los árboles, «después de haber pasado tanto calor, entrar en este..., en este..., en este ¿qué?» continuó la niña, sorprendida de no dar con la palabra. «Quiero decir bajo estos..., bajo estos..., bajo estos...» dijo Alicia apoyando su mano en la corteza de un árbol. «¿Cómo se llaman? Puede ser que no tengan nombre. ¡Claro! ¡Seguro que no tienen!»

Permaneció callada durante un minuto, pensando, para continuar después: «¡Pues *ha* ocurrido, después de todo! Y ahora, ¿quién soy yo? ¡Me acordaré, si puedo! ¡Estoy decidida a acordarme!» Pero su decisión no le sirvió de mucho, y todo lo que pudo exclamar, después de darle muchas vueltas, fue:

—L, ¡sé que empieza por L!

En ese momento un cervatillo se acercó por el camino: miró a la niña con sus grandes y amables ojos, sin parecer asustado.

—¡Ven aquí! ¡Ven aquí! —gritó Alicia, extendiendo su mano e intentando acariciar al animal, pero éste se retiró un poco y se quedó mirándola de nuevo.

—¿Cómo te llamas? —preguntó por fin el Cervatillo con voz dulce.

—¡Ojalá lo supiera! —pensó la pobre Alicia, mientras contestaba con voz triste—: Ahora no me llamo nada.

—Piénsalo de nuevo —dijo el Cervatillo—: Esa respuesta no sirve.

Alicia pensó y pensó, pero no se le ocurrió nada.

—Por favor, ¿cómo te llamas *tú*? —preguntó tímidamente—. Si me lo dices, tal vez me ayudes.

—Te lo diré si me acompañas un poco —contestó el Cervatillo—. Aquí no puedo acordarme.

Así que caminaron juntos por el bosque, Alicia abrazada tiernamente al cuello del Cervatillo, hasta que llegaron a campo abierto, donde el animalito dio de pronto un gran salto en el aire, desprendiéndose del brazo de Alicia.

—¡Soy un Cervatillo! —gritó encantado—. Y tú, ¡ay de mí!, ¡eres un ser humano! De pronto, una mirada de alarma nubló sus bellos ojos marrones y un segundo más tarde comenzó a correr a toda velocidad.

Alicia se quedó mirándolo, contemplando su carrera, y casi a punto de romper a llorar por haber perdido tan de repente a su querido compañero de viaje. «Por lo menos ahora recuerdo mi nombre» se dijo. «Eso es *algo*. Alicia... Alicia... ¡Nunca más me olvidaré de mi nombre! Y ahora, ¿cuál de estas indicaciones debería seguir?»

No era una pregunta de difícil respuesta, ya que sólo había un camino, y ambas indicaciones señalaban en la misma dirección. «Me decidiré» se dijo para sus adentros, «cuando el camino se bifurque y las indicaciones apunten en direcciones distintas».

Pero no parecía probable que esto sucediera. Alicia siguió caminando y caminando, pero, cada vez que el camino se bifurcaba las dos indicaciones señalaban en la misma dirección. Una decía «A LA CASA DE TWEEDLEDUM» y la otra indicaba: «A LA CASA DE TWEEDLEDEE».

—Creo de veras —dijo por fin Alicia—, ¡que los dos viven en la misma casa! ¡Cómo no se me habrá ocurrido antes! Pero no me podré quedar mucho tiempo con ellos. Llamaré a su puerta y les diré: «¿Cómo están ustedes?», y les preguntaré por el camino para salir del bosque. ¡Ojalá pudiese llegar a la octava casilla antes de que se hiciera de noche! Así que reinició la marcha, hasta que, después de doblar un recodo del camino, se encontró con dos gorditos hombrecillos, tan súbitamente que no pudo evitar saltar hacia atrás, aunque se recuperó del susto en seguida, segura de que debían ser...

CAPÍTULO IV

TWEEDLEDUM Y TWEEDLEDEE

Y allí estaban, debajo de un árbol, abrazados el uno al otro, y Alicia supo inmediatamente quién era uno y quién era el otro, porque uno de los hombrecillos llevaba bordado en el cuello de su camisa «DUM» y el otro «DEE». «Supongo que ambos llevarán "TWEEDLE" en la parte de atrás del cuello» pensó la niña.

Los dos permanecían tan quietos que Alicia se olvidó por un momento de que estaban vivos, y, justo cuando se disponía a averiguar si la palabra «TWEEDLE» estaba bordada en la parte de atrás de los cuellos de sus camisas, una voz, proveniente del hombrecillo «DUM» la sobresaltó.

—Si te crees que somos figuras de cera —exclamó—, deberías pagar por mirarnos, ¿sabes? No se puede observar tales figuras gratis.

—O por el contrario —continuó el hombrecillo llamado «DEE»— si piensas que estamos vivos, deberías hablarnos.

—Lo siento muchísimo —fue todo lo que Alicia pudo decir; porque, en ese preciso momento, la letra de una vieja canción le vino a la cabeza, con tanta insistencia que no pudo evitar cantarla en voz alta:

Tweedledum y Tweedledee
    resolvieron que tenían que luchar;
 porque Tweedledum le había dicho a Tweedledee
    que había roto su sonajero nuevo.

Justo entonces bajó del cielo un cuervo monstruoso
    tan negro como el alquitrán,
y tanto les asustó
    que su pelea olvidaron.

—Ya sé en qué estás pensando —dijo Tweedledum—:
Pero te equivocas, no es así.

—O por el contrario —continuó Tweedledee—, si así
fue, pudo ser, y si así fuera, sería; pero como no es, no es.
¡Es pura lógica!

—Sólo me preguntaba —dijo Alicia con tono amable—,
cuál sería el mejor camino para salir de este bosque: se está
haciendo de noche. ¿Me lo indicarían, por favor?

Pero los dos hombrecillos no hicieron sino mirarse y sonreír con ironía.

Para la niña tenían el aspecto de dos colegiales grandes,
tanto que no pudo evitar señalar a Tweedledum con el dedo
y exclamar:

—¡Alumno Número Uno!

—¡No y no! —gritó Tweedledum, cerrando la boca de
golpe.

—¡Alumno Número Dos! —continuó Alicia, señalando a
Tweedledee, aun sabiendo que lo único que éste contestaría
sería—: ¡O por el contrario...! —como así ocurrió.

—¡Has empezado mal! —exclamó Tweedledum—. Lo
primero que una visita debe preguntar es: «¿Cómo está
usted?», para darle la mano a continuación. Y aquí los dos
hermanos se fundieron en un abrazo y después extendieron
las manos que les quedaban libres para estrechar las de la
niña.

Alicia no quería darle la mano a uno de los dos antes que
al otro, por miedo a herir sus sentimientos; por eso, la mejor
solución que encontró fue darle la mano a los dos al mismo
tiempo: en un instante, se encontraron los tres bailando en

corro. Aquello le parecía a Alicia de lo más natural (como recordó después), y ni siquiera se sorprendió al escuchar una música que provenía del árbol bajo el que bailaban, causada, según pensó Alicia, por el frotar de las ramas, como si fuesen las cuerdas de un violín.

«Fue realmente divertido» —diría Alicia después, al contarle la historia a su hermana una y otra vez— «que, sin darme apenas cuenta, me encontré cantando *Al corro de la patata*. No sé cómo empezó, ¡pero me parecía que había estado cantando esa canción largo tiempo!»

Los otros dos bailarines estaban un poco gordos, y pronto se cansaron.

—Cuatro vueltas al corro son más que suficientes —decía Tweedledum jadeando, y entonces dejaron de bailar tan súbitamente como habían empezado: la música dejó de sonar en ese instante.

Entonces soltaron las manos de Alicia y se quedaron mirándola un minuto: hubo un silencio incómodo y la niña no sabía muy bien cómo trabar conversación con los dos hombrecitos con los que había estado bailando hasta entonces. «Ya no vale decir: ¿Cómo está usted?» se dijo la niña. «¡Parece que ya ha pasado ese momento!»

—Espero que no estén muy cansados —dijo por fin.

—¡No! *Muchas* gracias por su interés —dijo Tweedledum.

—Se lo agradezco *muchísimo* —añadió Tweedledee—. ¿Te gusta la poesía?

—Pues... sí, bastante... Algunas poesías —contestó Alicia sin gran convicción—. ¿Podrían indicarme el camino para salir del bosque?

—¿Qué poesía le podría recitar? —preguntó Tweedledee, mirando a Tweedledum con expresión solemne, haciendo caso omiso a la pregunta de la niña.

—La de *La Morsa y el Carpintero* es la poesía más larga

que te sabes —contestó Tweedledum, dándole a su hermano un afectuoso abrazo.

Tweedledee comenzó al instante:

Brillaba el sol...

Pero Alicia se atrevió a interrumpirle.

—Si es tan larga —dijo, con la mayor cortesía posible—, ¿me podrían primero indicar el camino...

Tweedledee sonrió amablemente y comenzó de nuevo:

Brillaba el sol sobre el mar,
    brillaba con todo su fuerza:
hacía todo lo que podía
    para que las olas fuesen suaves y brillantes.
¡Extraño! ¡Era de noche!

La luna brillaba un poco enfadada
    porque pensaba que el Sol
no debía estar allí
    una vez acabado el día.
«¡Qué feo, qué feo!», decía,
    «¡salir por mí y estropearme la diversión!»

El mar estaba mojado y muy mojado,
    la arena estaba seca y muy seca.
No se veía una nube, porque
    no había ni una en el cielo:
no se veían pájaros volando,
    no había ni uno solo.

La Morsa y el Carpintero
    caminaban mano a mano;
no paraban de llorar al ver

tanta cantidad de arena:
«Si se limpiase la arena»,
    decían, «¿no merecería la pena?»

«Si siete muchachas con siete escobas
    barriesen durante medio año,
¿crees?», preguntó la Morsa,
    «¿que la limpiarían?»
«No lo creo», dijo el Carpintero
    con lágrimas en los ojos.

«¡Oh, ostras, ostras! ¡venid a caminar con nosotros!»,
    suplicaba el carpintero.
«Un agradable paseo, una agradable charla,
    por la playa salada;
pero que sólo vengan cuatro,
    para darles una mano a cada una».

La ostra más vieja le miraba,
    sin decir nada;
La ostra más vieja le giñaba el ojo
    y sacudía su pesada cabeza,
no quería abondonar
    su casa de ostras.

Pero cuatro ostras jóvenes acudieron presurosas,
    encantadas con el trato:
con abrigos planchados, caras limpias,
    y zapatos relucientes.
¡Extraño! porque, ¿sabes?,
    las ostras no tenían pies.

Otras cuatro ostras las siguieron,
    y luego cuatro más:

llegaban rápidas y veloces,
   y más, y más, y más,
saltando por las olas,
   corriendo hasta la orilla.

La Morsa y el Carpintero
   caminaron una milla
y descansaron en una roca
   lo bastante bajita:
todas las ostras les siguieron
   y esperaron en fila.

«Llegó el momento», dijo el Carpintero,
   «de hablar de muchas cosas:
de zapatos, de barcos y de lacre,
   de repollos y de reyes,
de por qué hierve el mar
   y si alas los cerdos tienen».

«Pero, ¡espera un poco!», gritaron las ostras,
   «antes de empezar a conversar:
algunas estamos sin resuello
   ¡y algunas estamos gordas!»
«¡No hay prisa!», dijo el Carpintero.
   Le dieron las gracias por eso.

«Rebanadas de pan», dijo el Carpintero,
   «es lo que necesitamos:
también con pimienta y vinagre
   están muy ricas.
ahora, si queréis, queridas ostras,
   podemos empezar el festín.»

«¡Pero no con nosotras!», gritaron las ostras,
  volviéndose azules.
«Después de tu amabilidad, eso sería
  ¡algo horrible!»
«La noche está clara», dijo el Carpintero,
  «¿no os gusta la vista?»

«¡Qué amables por haber venido!
  ¡Estáis tan ricas!»
Y el Carpintero no dijo nada más que:
  «¡Córtame otra rebanada!
¡Ojalá no estuvieras tan sorda
  para no tener que repetir las cosas!»

«Parece una pena», dijo la Morsa,
  «engañarlas con ese truco,
después de haberlas traído tan lejos
  y de hacerlas correr tanto!»
Pero el Carpinetro nada decía sino:
  «¡La mantequilla no es muy fina!»

«Lloro por vosotras», dijo la Morsa.
  «Lo siento muchísimo.»
Con sollozos y lágrimas se comió
  las más grandes,
secándose con el pañuelo
  los llorosos ojos.

«¡Oh, ostras!», dijo el Carpintero.
  «¡Espero os haya gustado el paseo!
¿Volvemos trotando a casa de nuevo?»
  Nadie respondió.
¡Normal! ¡Se las habían comido todas!»

—La que más me ha gustado ha sido la Morsa —dijo Alicia—: ¡Al menos, le daban un *poco* de pena las pobres ostras!

—Y, sin embargo, la Morsa comió más ostras que el Carpintero —contestó Tweedledee—. ¿No ves que se puso el pañuelo en la cara para que el Carpintero no viese cuántas ostras se estaba comiendo?... ¡Todo lo contrario!

—¡Qué cosa más horrible! —dijo Alicia indignada—. Entonces me gusta más el Carpintero, si no se comió tantas ostras como la Morsa.

—Pero se comió tantas como pudo —respondió Tweedledum.

Eso sí que era un dilema. Después de una pausa, Alicia continuó:

—¡Vaya! Eran los *dos* unos seres despreciables —y entonces dejó de hablar un poco alarmada, porque había escuchado un ruido parecido al que hacen las máquinas de vapor en el bosque, muy cerca, y temía que se tratase de una bestia salvaje—. ¿Hay por aquí leones o tigres? —preguntó con temor.

—¡Sólo es el Rey Rojo bostezando! —respondió Tweedledee.

—¡Vamos a verle! —dijeron los hermanos a un tiempo, mientras cogían cada uno a Alicia de una mano y la conducían al lugar donde el Rey estaba durmiendo.

—¿No es un espectáculo enternecedor? —dijo Tweedledum.

Alicia no podía estar de acuerdo. Llevaba el Rey un gorro de dormir rojo, con borla, y estaba hecho un ovillo en el suelo, roncando a pierna suelta.

—¡Es increíble cómo ronca! —comentó Tweedledum.

—Me temo que se va a enfriar durmiendo así sobre la hierba húmeda —dijo Alicia, que era una niña muy considerada.

—Ahora está soñando —contestó Tweedledee—: ¿Con qué crees tú que está soñando?

Alicia respondió:

—Eso nadie lo puede saber.

—¡Claro que sí! ¡Está soñando contigo! —exclamó Twe-edledee, dando palmas con aire triunfal—. Y si despertase, ¿dónde crees que estarías?

—¡Pues estaría exactamente donde estoy ahora! —replicó Alicia.

—¡Nada de eso! —contestó Tweedledee con desdén—. No estarías en ninguna parte. ¿Qué te crees? ¡No eres más que una especie de cosa en el sueño del Rey!

—Y si se despertase —añadió Tweedledum—, ¿te extinguirías como la llama de una vela?

—¡Por supuesto que no! —replicó indignada Alicia—. Además, si sólo soy una especie de cosa en su sueño, entonces, ¿qué sois *vosotros*? ¡Me gustaría saberlo!

—¡Lo mismo! —dijo Tweedledum.

—¡Lo mismo, lo mismo! —gritó Tweedledee.

Gritó tan fuerte que Alicia no pudo sino chistarle:

—¡Silencio! ¡Lo despertarás si haces tanto ruido!

—Bueno, es inútil hablar de despertarle —dijo Tweedledum—, porque sólo eres una de las cosas que hay en su sueño. Sabes que no eres real.

—¡Claro que soy real! —gritó Alicia, y rompió a llorar.

—Llorar no hará que seas más real —comentó Tweedledee—: ¡No hay ningún motivo para llorar!

—Si no fuese real —continuó Alicia, medio llorando, medio riendo, tan ridícula le parecía la conversación—, no sabría llorar.

—¿Supongo que no creerás que tus lágrimas son reales? —la interrumpió Tweedledum con tono irónico.

«Sé que están diciendo tonterías» se dijo la niña para sus adentros: «Y es estúpido que llore por lo que dicen». Así que se enjugó las lágrimas y continuó, tan amimadamente como pudo: «Y, en cualquier caso, es mejor que salga de este bosque, porque está anocheciendo. ¿Creéis que va a llover?»

Tweedledum sacó un gran paraguas y se metió debajo de él con su hermano, mirando hacia arriba.

—No, no creo que vaya a llover —contestó—: Al menos, no creo que llueva *aquí* abajo. ¡No!

—Pero, ¿puede llover *fuera*?

—Es posible que sí, si quiere —respondió Tweedledee—: ¡No tenemos inconveniente, sino... ¡todo lo contrario!

«¡Qué egoístas!» pensó Alicia, y se dispuso a despedirse de ellos con un «Buenas noches» y marcharse, cuando Tweedledum salió de debajo del paraguas y la agarró por la cintura.

—¿Ves *aquello*? —dijo, con voz entrecortada, ojos dilatados y amarillos, señalando con dedo tembloroso a un objeto blanco y pequeño que yacía bajo el árbol.

—Sólo es un cascabel —dijo la niña, después de examinar cuidadosamente el pequeño objeto—. No es el cascabel de una *serpiente*, ¿sabes? —se apresuró a añadir, pensando que Tweedledum estaba asustado—. Sólo es un cascabel... ¡viejo y roto además!

—¡Lo sabía! ¡Lo sabía! —gritó Tweedledum, dando patadas y tirándose de los pelos—. ¡Está roto, por supuesto! —gritó, mirando a Tweedledee, quien se sentó inmediatamente en el suelo, intentando esconderse bajo el paraguas.

Alicia le puso la mano en el hombro y, tratando de calmarle, dijo:

—No deberías enfadarte tanto sólo por un viejo cascabel.

—¡Pero es que no es viejo! —gritó Tweedledum, más furioso que nunca—. ¡Está nuevo! ¡Lo compré ayer! ¡¡¡Mi nuevo cascabel!!! —decía a grito pelado.

Mientras tanto, Twedledee hacía lo que podía por cerrar el paraguas, con él dentro: era algo tan extraordinario que distrajo la atención de Alicia de su enfadado hermano. Pero por más que lo intentaba no podía, y acabó rodando por el suelo, con el cuerpo envuelto en el paraguas y sólo la cabeza fuera: así se quedó, abriendo y cerrando la boca y sus grandes ojos: «Parece más un pez que cualquier otra cosa» pensó la niña.

—Supongo que no tendrás inconveniente en batirte en duelo —le espetó Tweedledum, ya más tranquilo.

—Supongo que no —replicó el otro con tono resignado, mientras salía del paraguas—: ¡sólo si *ella* nos ayuda a vestirnos!

Así que los dos hermanos se adentraron de la mano en el bosque, para regresar al instante con los brazos llenos de cosas: objetos tales como cojines, mantas, esteras, manteles, baterías de cocina y cubos de carbón.

—¡Supongo que se te da bien atar cosas con cordeles y sujetarlas con alfileres! —dijo Tweedledum—. Tienes que ponernos todo esto encima como sea.

Alicia dijo más tarde que nunca en su vida había visto que se armase un lío tan grande por algo tan tonto, los dos hermanos se afanaban por ponerse y quitarse cosas, le dieron un gran quebradero de cabeza atando cuerdas y abrochando botones: «¡En verdad que parecerán más bien dos fardos de ropa vieja que cualquier otra cosa, una vez listos!» se dijo Alicia, mientras le ponía a Tweedledee una almohada alrededor del cuello, «para que no te puedan cortar la cabeza» según le explicó.

—¿Sabes? —añadió éste muy seriamente—, es una de las cosas más graves que le pueden ocurrir a uno en combate: que le corten la cabeza.

Alicia rompió a reír, pero trató de simular un ataque de tos para no herir sus sentimientos.

—¿Estoy pálido? —preguntó Tweedledum, mientras le pedía que le sujetase el casco. Bueno, él lo «llamaba» casco, aunque más bien parecía una cacerola.

—Bueno, sí, un *poco* —replicó Alicia con amabilidad.

—Normalmente soy muy valiente —continuó él en voz baja—, lo que pasa es que hoy me duele la cabeza.

—¡Y yo tengo dolor de muelas! —replicó Tweedledee, que le había oído—: ¡Así que yo estoy mucho peor que tú!

—En ese caso deberías luchar otro día —dijo Alicia, pensando que era una buena oportunidad para que hiciesen las paces.

—Debemos pelear un poco hoy, aunque la lucha no se alargue demasiado —dijo Tweedledum—. ¿Qué hora es?

Tweedledee consultó su reloj y contestó:

—Las cuatro y media.

—Entonces luchemos hasta las seis y cenemos después.

—Está bien —dijo el otro con tristeza—: Y *ella* nos puede ver, aunque será mejor que no te acerques demasiado —añadió—: ¡Normalmente golpeo todo lo que veo cuando me enfado!

—¡Y yo le doy a todo lo que está a mi alcance! —gritó Tweedledum—. ¡Lo vea o no!

Alicia comenzó a reír.

—¡Seguro que golpeas a los *árboles* con frecuencia! —exclamó.

Tweedledum miró a su alrededor con sonrisa de satisfacción.

—Yo creo que —contestó—, ¡no va a quedar ni un solo árbol en pie, aunque estén alejados, cuando hayamos terminado!

—¡Y todo por un cascabel! —dijo Alicia, que no perdía la esperanza de avergonzarles un «poco» por luchar por esa tontería.

—No me hubiera importado tanto —dijo Tweedledum—, ¡de no haber sido un cascabel nuevo!

—¡Ojalá apareciese un cuervo monstruoso! —pensó Alicia.

—Sólo hay una espada —le dijo Tweedledum a su hermano—: Pero puedes quedarte con el paraguas, son igual de afilados. Venga, empecemos pronto. ¡Se está poniendo muy oscuro!

—¡Y que lo digas! —corroboró Tweedledee.

Se estaba haciendo de noche tan deprisa que Alicia pensó que se acercaba una tormenta.

—¡Qué nube tan oscura y grande! —dijo—. ¡Se está acercando! Pero, ¡si parece que tiene alas!

—¡Es el cuervo! —gritó Tweedledum, dando la voz de alarma; y los dos hermanos salieron corriendo y se perdieron de vista en un abrir y cerrar de ojos.

Alicia empezó a correr y se adentró un poco en el bosque, y se paró bajo un árbol. «Aquí abajo no me podrá coger *nunca*» pensó: «Es demasiado grande para meterse por entre los árboles. ¡Ojalá dejase de batir las alas! Si no, formará un huracán en el bosque. ¡Allá va un mantón que le ha arrebatado a alguien!»

CAPÍTULO V

LANA Y AGUA

Mientras pronunciaba estas palabras, Alicia tomó el mantón y miró a su alrededor en busca de su dueño: al instante vio aparecer a la Reina Blanca corriendo por el bosque, con ambos brazos extendidos, como si estuviera volando, y se dirigió a su encuentro, muy educadamente, para ofrecerle el mantón.

—Me alegro mucho de haberle servido de ayuda —dijo Alicia, mientras ayudaba a la Reina a ponerse su mantón.

La Reina Blanca tan sólo la miraba impotente, mientras repetía para sus adentros, este susurro, sin cesar: «Pan y mantequilla, pan y mantequilla». Entonces Alicia sintió que, si se iba a entablar un especie de conversación entre las dos, debía ser ella quien comenzase a hablar. Por eso dijo tímidamente:

—¿Me estoy dirigiendo acaso a la Reina Blanca?

—Bueno, sí, si a eso le llamas dirigirse —contestó la Reina—. No es la idea de dirigirse a alguien que yo tenía.

Alicia pensó que no valía la pena ponerse a discutir con la Reina nada más empezar a conversar con ella, así que sonrió y dijo:

—Si su majestad me indicase el modo correcto de dirigirme a su persona, lo haré lo mejor que pueda.

—¡Pero es que yo no quiero que te dirijas a mí en absoluto! —se quejó la Reina—. Es que he estado vistiéndome a mí misma durante las dos últimas horas.

A Alicia le pareció que sería oportuno tener algo con que vestir a la Reina, ya que ésta tenía un aspecto muy desaliñado. «Lleva todo torcido» se dijo la niña, «¡y prendido con alfileres!»

—¿Me permite que le arregle el mantón? —añadió en voz alta.

—¿Qué es lo que le pasa a mi mantón? —preguntó la Reina, con voz melancólica—. Me parece que está de mal humor. Le he puesto alfileres aquí, alfileres allá... ¡Pero no le gusta!

—No puedo ponérselo derecho, si sólo lo sujeta con alfileres por un lado —contestó Alicia, mientras ponía amablemente a la Reina el mantón derecho—, y, ¡madre mía!, ¡hay que ver cómo lleva usted el pelo!

—Se me ha enredado el cepillo dentro —replicó la Reina con un suspiro—. Y ayer se me perdió el peine.

Alicia sacó el cepillo del pelo de la Reina e hizo todo lo que pudo por arreglarle el cabello.

—¡Bueno, así está muchísimo mejor! —dijo, después de cambiar todos los alfileres de sitio—. ¿No debería tener usted una doncella?

—¡Te ofrecería un trabajo de doncella con mucho gusto! —replicó la Reina—. Dos peniques a la semana y mermelada el resto de los días.

Alicia no pudo evitar estallar de risa, mientras decía:

—No quiero que *me* dé ningún empleo y no me importa en absoluto la mermelada.

—¡Pero si es una mermelada muy rica! —contestó la Reina.

—Bueno, pues no quiero mermelada *hoy*, en ningún caso.

—Aunque la *quisiera*s, no podrías comerla —dijo la Reina—. Las reglas dicen: hay mermelada ayer o mermelada mañana, ¡pero nunca hoy!

—¡Pero *deberán* estipular alguna vez que haya mermelada hoy! —objetó la niña.

—No, no puede ser —replicó la Reina—. Hay mermelada en días alternos y los días alternos de *hoy* son ayer y mañana, ya lo sabes.

—¡No lo entiendo! —dijo la niña—. ¡Es demasiado complicado!

—Es el efecto de vivir al revés —explicó la Reina con amabilidad—: Al principio te mareas un poco...

—¡Vivir al revés! —replicó, atónita, Alicia—: ¡Nunca había oído nada parecido!

—... pero tiene una gran ventaja: la memoria funciona en dos direcciones.

—Estoy segura que la *mía* sólo funciona en una dirección —comentó Alicia—. No puedo recordar las cosas antes de que ocurran.

—¡Pues vaya memoria que sólo funciona hacia atrás! —dijo la Reina.

—¿Cuáles son las cosas que *usted* recuerda mejor? —se atrevió a preguntar Alicia.

—Oh, las cosas que ocurrieron dentro de un par de semanas —replicó la Reina con la mayor naturalidad—. Por ejemplo, ahora —continuó diciendo, poniéndose una venda alrededor del dedo—, el caso del mensajero del Rey. Ahora está en prisión, en castigo: el juicio no empieza hasta el miércoles que viene y, por supuesto, el crimen no se ha cometido aún.

—¿Y si él no cometiese el crimen nunca? —dijo Alicia.

—Eso sería mucho mejor, ¿no te parece? —siguió diciendo la Reina, mientras se sujetaba la venda con un trocito de lazo.

Alicia estuvo totalmente de acuerdo.

—Por supuesto que sería mucho mejor —dijo—: Pero mucho peor al tiempo, porque se le castigaría por algo que no ha hecho.

—Ahí te equivocas de cabo a rabo —contestó la Reina—: ¿Te han castigado alguna vez?

—Sólo por tonterías —contestó Alicia.

—Y, ¿a que te vino bien el castigo? —dijo la Reina con voz triunfante.

—Sí, pero yo *había* hecho las cosas por las que me castigaron —dijo Alicia—: Ahí está la diferencia.

—Pero si no las *hubieses* hecho —continuó la Reina—, entonces habría sido todavía mejor. ¡Mejor, mejor, muchísimo mejor! —Su voz se elevaba con cada «mejor» hasta que se convirtió en un agudo chillido.

Alicia estaba empezando a decir: «Debe haber un error en todo esto...» cuando la Reina comenzó a gritar, tan fuerte que la niña tuvo que dejar la frase a medias.

—¡Oh, oh, oh! —gritaba la Reina, sacudiendo la mano como si quisiera quitársela—. ¡Mi dedo está sangrando! ¡Oh, oh, oh!

Sus gritos se parecían tanto al silbido de una locomotora que Alicia tuvo que taparse los oídos con las manos.

—¿Qué le pasa? —preguntó la niña, tan pronto como pudo hacer oír su voz en medio de aquel ruido ensordecedor—. ¿Se ha pinchado un dedo?

—¡Todavía no! —replicó la Reina—. Pero pronto me lo pincharé: ¡¡¡oh, oh, oh!!!

—¿Cuándo espera que eso suceda? —preguntó Alicia, sintiendo unas inmensas ganas de reír.

—Cuando me sujete de nuevo el mantón —gimió la pobre Reina—: El broche se me va a abrir. ¡Oh, oh! Tan pronto como hubo hablado, el broche se desprendió y la Reina trató de cogerlo como pudo.

—¡Cuidado! —gritó Alicia—. ¡Lo está cogiendo al revés!

La Reina había cogido ya el broche; pero era demasiado tarde: el broche se había salido y había pinchado el dedo de la Reina.

—Por eso sangraba, ¿sabes? —le dijo la Reina a Alicia con una sonrisa—. ¿Entiendes ahora cómo funcionan las cosas aquí?

—¿Pero por qué no grita ahora? —preguntó Alicia, preparada a taparse los oídos con las manos otra vez.

—Bueno, ya he gritado bastante —contestó la Reina—. ¿De qué me servirá gritar ahora?

El cielo se estaba aclarando. «El cuervo debe haberse ido» pensó la niña: «Estoy muy contenta de que ya no esté. Parecía que se acercaba la noche».

—¡Ojalá pudiese alegrarme *yo* también! —exclamó la Reina—. Sólo que nunca puedo acordarme de cómo hay que alegrarse. ¡Debes ser muy feliz, viviendo en este bosque, y pudiendo estar contenta siempre que quieras!

—¡Sólo que este lugar es *tan* solitario! —exclamó Alicia con melancolía; al pensar en su soledad, dos grandes lágrimas le surcaron las mejillas.

—¡Oh, no te pongas así! —gritó la pobre Reina, retorciéndose las manos con desesperación—. Piensa que eres una niña estupenda. Piensa en todo el camino que has recorrido hoy. Piensa qué hora es. Piensa en cualquier cosa, ¡pero no llores!

Alicia no pudo evitar reír, ante las palabras de la reina, entre lágrimas.

—¿Puede *usted* dejar de llorar solamente pensando en otras cosas? —le preguntó.

—Así es como se hace —dijo la Reina con tono decidido—: Nadie puede hacer dos cosas a la vez, ya sabes. Pensemos en tu edad para empezar. ¿Cuántos años tienes?

—Tengo siete años y medio exactamente.

—No hace falta que digas *exactamente* —le corrigió la Reina—: Me creo tu edad sin eso. Ahora te daré algo en qué pensar. Yo sólo tengo ciento un años, cinco meses y un día.

—¡No me *lo* puedo creer! —exclamó Alicia.

—¿De verdad que no? —dijo la Reina, en tono compasivo—. Inténtalo otra vez: respira hondo y cierra los ojos.

Alicia se rió.

—Es inútil que lo intente —contestó—, no se puede creer en cosas imposibles.

—Me atrevería a decir que no tienes mucha práctica —dijo la Reina—. Cuando yo tenía tu edad, lo intentaba media hora cada día. Bueno, a veces creía en al menos seis cosas imposibles antes de desayunar. ¡Ahí va mi mantón otra vez!

El broche se había vuelto a soltar mientras hablaba y una ráfaga de viento se lo había llevado al otro lado de un arroyo. La Reina extendió sus brazos como antes y salió corriendo detrás de él, como si volase, y esta vez pudo atraparlo ella misma.

—¡Ya lo tengo! —gritó con voz triunfal—. ¡Ahora me lo pondré yo, sin ayuda de nadie!

—¿Tiene entonces el dedo mejor? —preguntó Alicia con amabilidad, mientras cruzaba el pequeño arroyo tras los pasos de la Reina.

*   *   *

—¡Oh! ¡Muchísimo mejor! —exclamó la Reina, mientras su voz se elevaba hasta convertirse en un chillido, al repetir: «¡Mejor! ¡Muchísimo meeeejor! ¡Muchísimo meeeeejor!» Esta última palabra acabó pareciéndose tanto al balido de una oveja que Alicia se sobresaltó.

La niña miró a la Reina, que parecía haber sido envuelta en una gran ovillo de lana. Alicia se frotó los ojos y la miró de nuevo. No podía comprender lo que había sucedido. ¿Se encontraba acaso en una tienda? ¿Era eso realmente..., era realmente una *oveja* lo que la atendía al otro lado del mostrador? Por más que se frotaba los ojos, no podía comprender nada en absoluto: estaba en una tienda pequeña y oscura, apoyada con los brazos sobre el mostrador, y enfrente había una oveja vieja, sentada en un sillón haciendo punto, que de cuando en cuando la miraba a través de unos grandes anteojos.

—¿Qué quieres comprar? —le preguntó la Oveja por fin, dejando a un lado su labor por un instante.

—Todavía no lo sé —respondió Alicia cortésmente—. Me gustaría dar una vuelta para ver qué tiene, si no le importa.

—Puedes mirar hacia delante y a ambos lados, si quieres —dijo la Oveja—; pero no puedes mirar *alrededor* de ti, a no ser que tengas ojos en la nuca.

Pero Alicia *no* tenía ojos en la nuca; así que se conformó con darse la vuelta y mirar lo que había en las estanterías.

La tienda parecía estar repleta de las cosas más curiosas, pero lo más extraño de todo era que, cada vez que Alicia fijaba la vista en una estantería en particular, para ver lo que contenía, ésta parecía estar siempre vacía, mientras que las que había a su alrededor estaban llenas de cosas.

—¡Aquí las cosas vuelan! —se quejó Alicia al fin, después de haber estado persiguiendo en vano un objeto brillante, que unas veces parecía una muñeca y otras un costurero, y que siempre aparecía en la estantería superior a la que Alicia estaba examinando.

—Esto sí que me enfada, pero, ¡ya verás! —añadió, pensando en una idea que acababa de ocurrírsele—, lo seguiré hasta la estantería más alta. ¡A ver si puede escaparse atravesando el techo!

Pero esta idea tampoco dio resultado: el «objeto» atravesó el techo tranquilamente, como si estuviera muy acostumbrado a hacer tal cosa.

—¿Qué eres, una niña o una peonza? —le preguntó la Oveja mientras cambiaba de agujas—. Vas a conseguir que me maree si sigues dando tantas vueltas. La Oveja estaba tejiendo con catorce pares de agujas a la vez y Alicia no pudo evitar mirarla atónita.

«¿Cómo podrá tejer con tantas agujas?» se dijo la asombrada niña. «¡Cada vez se parece más a un puerco espín!»

—¿Sabes remar? —preguntó la Oveja, mientras le alargaba un par de agujas.

—Sí, un poco, pero no sé remar en tierra y no sé remar con agujas... —Había empezado a decir Alicia, cuando, de pronto, las agujas se convirtieron en remos entre sus manos, y vio que se encontraban en un pequeño bote, deslizándose entre los márgenes de un río: así que lo único que podía hacer era remar tan bien como supiera.

—¡Pluma! —gritaba la Oveja, mientras cogía otro par de agujas.

Parecía que este comentario no necesitaba ninguna respuesta, así que Alicia no dijo nada y siguió remando. Había algo extraño en el agua, pensaba la niña, que dificultaba el movimiento de los remos.

—¡Pluma! ¡Pluma! —gritó de nuevo la Oveja, cogiendo más agujas—. ¡Como sigas así vas a coger un cangrejo!

«¡Un cangrejo!» pensó Alicia. «Eso me gustaría».

—¿No me has oído decir «Pluma»? —gritó la Oveja muy enfadada, tomando un montón de agujas.

—Sí que te he oído —dijo Alicia—: Me lo has dicho muchas veces y muy alto. Por favor, ¿dónde están los cangrejos?

—En el agua, ¿dónde iban a estar si no? —contestó la Oveja, colocándose algunas agujas en el pelo, porque ya no le cabían en las manos—. ¡Te digo que «Pluma»!

—¿Por qué me dices «Pluma» tantas veces? —le preguntó Alicia por fin, bastante enojada—. ¡Yo no soy un pájaro!

—Sí que lo eres —dijo la Oveja—: Eres un pequeño ganso.

Alicia se sintió ofendida al oír estas palabras, así que dio la conversación por terminada durante un rato, mientras el bote seguía deslizándose por la corriente, a veces pasando entre bancos de juncos (donde los remos se enganchaban más que nunca) y otras veces pasando bajo árboles, cuyas ramas se extendían a ambos lados del río.

—¡Oh, por favor! ¡Hay algunos juncos aromáticos! —gritó Alicia encantada—. ¡Sí que los hay! ¡Y qué bonitos son!

—No hace falta que me digas *por favor* —dijo la Oveja, sin levantar la vista de su labor—. Yo no los puse allí y no los voy a quitar.

—No, yo quise decir: por favor, vamos a parar un momento el barco y a tomar unos pocos, si no le importa.

—¿Y cómo lo voy a parar yo? —preguntó la Oveja—. Si dejases de remar, el bote se pararía solo.

Así que la barca se quedó a la deriva, deslizándose por la corriente, hasta que se paró suavemente entre los juncos que había sobre el agua. Y entonces Alicia se subió las mangas y metió los brazos en el agua hasta el codo, para cortar el tallo de los juncos tan abajo como fuera posible, y así no romperlos; durante un rato, Alicia se olvidó completamente de la Oveja y de su labor, mientras se inclinaba sobre uno de los lados de la barca, con las puntas de su pelo enredado rozando el agua, mientras que con ojos brillantes y alegres cogía uno tras otro los aromáticos juncos.

«¡Espero que la barca no se vuelque!» pensaba la niña. «¡Oh, qué junco tan precioso! ¡Si pudiera alcanzarlo!» En verdad, parecía que el junco lo hacía a propósito, pensaba Alicia, porque, aunque había cogido muchos otros muy bonitos mientras la barca se deslizaba corriente abajo, siempre había uno más lindo que los demás que la niña no alcanzaba a tomar.

—¡Los más bonitos están siempre más lejos! —dijo por fin, quejándose de lo obstinados que eran aquellos juncos lejanos, y, con las mejillas acaloradas, el pelo y las manos mojados, se acomodó de nuevo en su asiento de la barca y comenzó a ordenar sus nuevos tesoros.

Lo que ocurrió entonces fue que los juncos empezaron a marchitarse, a perder su aroma y belleza. Incluso los juncos reales, ¿sabes?, duran muy poco tiempo, y aquellos, al ser juncos soñados, se derretían como si fuesen copos de nieve a los pies de la niña, pero Alicia no se daba cuenta, ¡había tantas otras cosas curiosas en que pensar!

No habían avanzado mucho más cuando uno de los remos se atascó en el agua, y no «había manera» de sacarlo otra vez (eso dijo Alicia más tarde), y la consecuencia fue que el puño del remo le golpeó la barbilla, y, aun a pesar de los gritos «¡Oh, oh, oh!» de la pobre Alicia, la arrastró de su sitio y acabó sentándola en el suelo de la barca entre el montón de juncos.

Sin embargo, Alicia no se hizo daño alguno, y pronto se sentó de nuevo: la Oveja continuaba con su labor, como si nada hubiera pasado.

—¡Qué cangrejo más bonito has atrapado! —comentó, cuando Alicia se hubo sentado de nuevo, aliviada de encontrarse en la barca todavía.

—¿Yo? ¡Yo no he visto ningún cangrejo! —dijo Alicia, contemplando el agua oscura desde la barca—. Ojalá no se me hubiera escapado! ¡Me gustaría llevarme un cangrejo a casa! Pero la Oveja se rió con sorna, y siguió con su labor.

—¿Hay muchos cangrejos aquí? —preguntó Alicia.

—Cangrejos y toda clase de cosas —replicó la Oveja—: Hay mucho donde elegir, sólo que tienes que decidirte. Ahora, ¿qué *quieres* comprar?

—¡Comprar! —repitió Alicia entre asustada y asombrada, porque los remos, la barca y el río habían desaparecido en un instante, y la niña se encontraba de nuevo en la pequeña y oscura tienda.

—Querría comprar un huevo, por favor —dijo con timidez—. ¿A cuánto los vende?

—A cinco peniques uno; dos a dos peniques —replicó la Oveja.

—¿Entonces dos huevos son más baratos que uno? —preguntó Alicia sosprendida, sacando su monedero.

—Sí, pero si compras dos, te *tienes* que comer los dos —contestó la Oveja.

—Entonces me llevaré *uno*, por favor —decidió Alicia, poniendo el dinero sobre el mostrador, ya que pensó: «Seguro que no están tan ricos».

La Oveja recogió el dinero y lo puso en una caja; después dijo:

—No doy nada a la gente en las manos, eso no serviría; debes tomarlo tú misma. Y diciendo esto, se dirigió al otro extremo de la tienda y colocó el huevo recto sobre un estante.

«Me pregunto por qué no serviría» pensó Alicia, mientras avanzaba a tientas entre mesas y sillas, porque el fondo de la tienda estaba muy oscuro. «Parece que el huevo se aleja más y más mientras avanzo hacia él. Vamos a ver, ¿es esto una silla? Bueno, ¡pero si tiene ramas! ¡Qué raro encontrar árboles aquí! ¡Pero si hay hasta un arroyo! ¡Ésta es la tienda más extraña que he visto en mi vida!»

* * *

Y así continuó avanzando, asombrándose más y más a cada paso, porque todas las cosas se convertían en árboles en cuanto llegaba a ellas, y empezó a sospechar que al huevo le ocurriría exactamente lo mismo.

CAPÍTULO VI

HUMPTY DUMPTY

Más bien al contrario, el huevo se hacía más y más grande, y adquiría una figura más y más humana. Cuando Alicia se encontró a unos pocos pasos de él, vio que tenía ojos, nariz y boca, y cuando se le acercó, vio claramente que se trataba de Humpty Dumpty en persona. «¡No puede ser nadie más!», se dijo la niña. «Estoy tan segura de que es él, como si llevase su nombre escrito en la cara».

Y bien podía haberlo llevado escrito cien veces, ¡tenía una cara tan grande! Humpty Dumpty estaba sentado con las piernas cruzadas, como un turco, en lo alto de un muro, un muro tan estrecho que Alicia no podía dejar de preguntarse cómo Humpty Dumpty se sostenía en equilibrio, y, como sus ojos estaban fijos en la dirección contraria a la niña, Alicia pensó que se trataba de un muñeco.

—¡Es exactamente igual que un huevo! —dijo en voz alta, a punto de tomarlo en brazos, porque creía que se iba a caer de un momento a otro.

—No me gusta nada —dijo Humpty Dumpty después de un largo silencio—, que me llamen huevo, ¡nada de nada!

—Sólo he dicho que *parecía* un huevo, señor, —dijo Alicia con mucha diplomacia—. Y algunos huevos son muy bonitos, ¿sabe? —agregó, queriendo añadir algo amable para arreglar lo que había dicho antes.

—Algunas personas —prosiguió Humpty Dumpty, mirando hacia otro lado—, ¡tienen menos sentido común que un bebé!

Alicia no supo qué responder: esto no es una conversación, pensó, ya que Humpty Dumpty no se había dirigido a «ella» en ningún momento; de hecho, su último comentario estaba claramente dirigido a un árbol, así que la niña se quedó quieta y se repitió en voz baja:

Humpty Dumpty estaba sentado sobre un muro,
Humpty Dumpty se cayó.
Y los caballos del Rey y todos los hombres del Rey
no pudieron volver a colocar a Humpty Dumpty en su
lugar.

—El último verso es demasiado largo para el poema —añadió, en voz alta, olvidándose de que Humpty Dumpty podía oírla.

—No te quedes ahí hablando sola —dijo Humpty Dumpty, mirándola por vez primera—: Venga, dime cómo te llamas y qué haces aquí.

—Me llamo Alicia, pero...

—¡Vaya nombre tan estúpido! —la interrumpió Humpty Dumpty con impaciencia—. ¿Qué significa?

—¿Es que *debe* significar algo? —preguntó, dudosa, Alicia.

—Por supuesto que sí —contestó Humpty Dumpty con risa socarrona—: mi nombre se refiere a mi figura, una figura muy elegante, por cierto. Con un nombre como el tuyo, podrías tener cualquier figura.

—¿Está aquí sentado solo todo el tiempo? —continuó Alicia, que no tenía ganas de discutir.

—¡Claro, porque no hay nadie conmigo! —exclamó Humpty Dumpty—. ¿Te creías que no sabía la respuesta a esa pregunta? Pregúntame otra.

—¿No cree que estaría más seguro sentado en el suelo? —prosiguió Alicia, no con la intención de proponerle una adivinanza, sino por la preocupación que sentía por aquella extraña criatura—. ¡Es un muro *tan* estrecho!

—¡Vaya adivinanzas más simples planteas! —se quejó Humpty Dumpty—. ¡Claro que no lo creo! Bueno, y si me cayera, cosa que no va a ocurrir, pero suponiendo que me cayera —y al llegar a este punto frunció los labios y adoptó una postura tan solemne que Alicia casi no pudo evitar echarse a reír—. Si me cayera —continuó diciendo—, el Rey me ha prometido... ¡Ah! ¡Veo que palideces! No creerías que iba a decir eso, ¿verdad? El Rey me ha prometido... El Rey en persona... que... que...

—Que enviaría a todos sus caballos y a todos sus hombres —le interrumpió Alicia, con muy poco tacto.

—¡Qué horror! —gritó Humpty Dumpty, muy acalorado—. ¡Has estado escuchando detrás de las puertas, y detrás de los árboles, y por las chimeneas. ¡Si no no lo sabrías!

—¡Yo no he hecho tal cosa! —dijo Alicia muy suavemente—. Está escrito en un libro.

—¡Ah, bueno! Puede que escriban ese tipo de cosas en un *libro* —continuó Humpty Dumpty más calmado—. Es lo que se llama «Historia de Inglaterra». Ahora, ¡mírame bien! Soy alguien que ha hablado con un Rey, *yo*: tal vez nunca vuelvas a ver a alguien como yo, y para demostrarte que no soy orgulloso, ¡te permito estrecharme la mano! Con una sonrisa de oreja a oreja se inclinó hacia delante (tanto que casi se cayó del muro) y le ofreció la mano a Alicia. La niña le observaba con nerviosismo mientras tomaba su mano. «Si sonriese un poco más, las comisuras de su boca acabarían juntándose por detrás» pensó: «Y entonces, ¡no sé qué le ocurriría a su cabeza! ¡Me temo que se le caería!»

—Sí, con todos sus caballos y todos sus hombres —continuó Humpty Dumpty—. Ellos me recogerían en un segundo, ¡sí! Pero esta conversación está yendo demasiado aprisa: volvamos a mi penúltimo comentario.

—Me temo que no puedo recordarlo —dijo educadamente Alicia.

—En ese caso empezaremos desde el principio —dijo Humpty Dumpty—, y me toca escoger tema. («¡Habla como si se tratase de un juego!» pensó Alicia).

—Aquí tienes una pregunta para ti. ¿Cuántos años dijiste que tenías?

Alicia hizo un breve cálculo y contestó:

—Siete años y seis meses.

—¡Respuesta errónea! —exclamó Humpty Dumpty con voz triunfante—. No fue eso lo que dijiste.

—Creía que me preguntaba ¿qué edad tengo? —explicó Alicia.

—Si hubiese querido preguntarte eso, lo habría hecho —dijo Humpty Dumpty.

Alicia no quería empezar otra discusión, así que no dijo nada.

—¡Siete años y seis meses! —repitió Humpty Dumpty, pensativo—. Una edad muy difícil. Bueno, si me hubieras pedido *mi* consejo, te habría dicho, «quédate en los siete», pero ahora ya es demasiado tarde.

—¡Nunca pedí consejo para crecer! —contestó la niña indignada.

—¿Eres demasiado orgullosa, acaso? —preguntó el otro.

Alicia se sintió aún más indignada ante este comentario.

—Quiero decir —continuó—, que uno no puede evitar hacerse mayor.

—*Uno* tal vez no —dijo Humpty Dumpty—, pero *dos* sí. Con la ayuda apropiada, te podrías haber quedado en los siete.

—¡Qué cinturón más bonito lleva! —comentó de pronto Alicia. (Ya habían hablado suficiente del tema de la edad, pensó y, si iban a elegir temas por turnos, ahora le tocaba a ella). «Al menos» se corrigió a sí misma en cuestión de segundos, «es una bonita corbata, debería haber dicho; no, quiero decir un cinturón».

—¡Oh, lo siento muchísimo! —añadió precipitadamente, porque Humpty Dumpty parecía realmente enojado, y la niña deseó no haber elegido ese tema de conversación. «Si supiera» se dijo a sí misma, «¡qué es cuello y qué es cintura!»

Evidentemente Humpty Dumpty estaba muy enfadado, aunque no dijo nada durante un rato. Cuando habló de nuevo fue para decir con voz profunda:

—¡Es de lo más indignante! —dijo por fin—. ¡Que alguien no sepa distinguir una corbata de un cinturón!

—Ya sé que soy muy ignorante —replicó la niña, en un tono tan humilde que Humpty Dumpty se calmó.

—Es una corbata, niña, y una corbata muy bonita, como bien dices. Es un regalo del Rey y la Reina Blancos. ¡Ya lo sabes!

—¿De veras? —replicó Alicia, encantada de haber «escogido» un tema apropiado después de todo.

—Me la regalaron —continuó Humpty Dumpty muy pensativo, mientras se cruzaba de piernas y colocaba las manos sobre las rodillas—, como regalo de no-cumpleaños.

—¿Perdone? —preguntó Alicia asombrada.

—No, si no me has ofendido —replicó Humpty Dumpty.

—Quiero decir, ¿qué *es* un regalo de no-cumpleaños?

—¡Un regalo que se recibe cuando no es el día de tu cumpleaños, desde luego!

Alicia se quedó pensando unos minutos.

—A mí me gustan más los regalos de cumpleaños —dijo por fin.

—¡No tienes ni idea de lo que estás hablando! —exclamó Humpty Dumpty—. ¿Cuántos días tiene el año?

—Trescientos sesenta y cinco —contestó Alicia.

—¿Y cuántos cumpleaños tienes tú?

—Uno.

—Y si a trescientos sesenta y cinco le quitas uno, ¿qué te queda?

—Trescientos sesenta y cuatro, por supuesto.

Humpty Dumpty no parecía estar muy convencido.

—Preferiría ver eso escrito sobre un papel —dijo.

Alicia no pudo evitar sonreír mientras sacaba un cuaderno de notas y realizaba para él la siguiente operación:

$$
\begin{array}{r}
365 \\
-1 \\
\hline
364
\end{array}
$$

Humpty Dumpty tomó el cuaderno y lo estudió cuidadosamente.

—Esto *parece* que está bien... —comentó.

—¡Pero si lo está leyendo al revés! —le interrumpió Alicia.

—¡No me había dado cuenta! —dijo Humpty Dumpty alegremente, mientras la niña le ponía el cuaderno derecho—. Ya decía yo que parecía algo raro. Como te iba diciendo, *parece* que está bien, aunque no he tenido tiempo para revisarlo a fondo, y esto viene a demostrar que hay trescientos sesenta y cuatro días para recibir regalos de no-cumpleaños.

—Cierto —dijo Alicia.

—Y sólo *un* día para recibir regalos de cumpleaños, ya sabes. ¡Te has cubierto de gloria!

—No sé qué quiere decir con eso de *gloria* —dijo Alicia.

Humpty Dumpty sonrió con sorna.

—¡Pues claro que no lo sabrás hasta que yo te lo explique! ¡Quiero decir que mi argumentación es incontestable!

—Pero *gloria* no quiere decir argumentación incontestable —objetó Alicia.

—Cuando *yo* utilizo una palabra —replicó Humpty Dumpty en tono desdeñoso—, significa lo que yo quiero que signifique, ni más ni menos.

—La cuestión es —prosiguió Alicia—, si *puedes* hacer que las palabras signifiquen cosas diferentes.

—La cuestión es —dijo Humpty Dumpty—, saber quién manda; eso es todo.

Alicia estaba demasiado confusa como para decir nada, así que, después de un minuto, Humpty Dumpty empezó de nuevo.

—Tienen genio algunas palabras: especialmente los verbos, ¡son los más orgullosos!; con los adjetivos puedes hacer lo que quieras, pero no con los verbos. Sin embargo, ¡yo me las arreglo muy bien con todos! ¡Impenetrabilidad! ¡Eso es lo que yo digo!

—Puede explicarme, por favor —dijo Alicia—, ¿qué significa eso?

—Ahora hablas como una niña razonable —dijo Humpty Dumpty, muy satisfecho—. Por *impenetrabilidad* quiero decir que ya hemos hablado suficiente de este tema y que me gustaría que me dijeras qué vas a hacer ahora, porque me imagino que no te vas a quedar aquí el resto de tu vida.

—¡Pues sí que tiene significado una sola palabra! —dijo, pensativa, Alicia.

—Cuando hago que una palabra trabaje tanto —dijo Humpty Dumpty—, siempre le pago extra.

—¡Oh! —dijo Alicia, que estaba demasiado sorprendida para añadir nada más.

—Ah, deberías verlas cuando vienen a verme un sábado por la noche —continuó Humpty Dumpty, sacudiendo gravemente la cabeza de un lado a otro—: Para cobrar sus sueldos, claro.

(Alicia no se atrevía a preguntarle con qué las pagaba, y por eso, veis, no puedo contároslo).

—Es usted muy hábil para explicar palabras, señor —dijo Alicia—. ¿Sería tan amable de explicarme el significado del poema *Jabberwocky*?

—Oigámoslo —contestó Humpty Dumpty—. Puedo explicar todos los poemas que se han inventado y muchos otros que no se han inventado aún.

Esto le pareció a Alicia realmente prometedor, así que repitió el primer verso:

> Borbotaba, los toves visco-ágiles
>   rijando en la solea, tadralaban;
> misébiles los borgoves,
>   y un poco momios los verdos brasilaban.

—¡Ya está bien! —le interrumpió Humpty Dumpty—: ¡Hay bastantes palabras difíciles! *Borbotaba* quiere decir las cuatro de la tarde, la hora en que los pucheros empiezan a *borbotar*.

—Eso está muy bien —dijo Alicia—: ¿Y que hay de *visco-ágil*?

—Bueno, *visco-ágil* significa «ágil y viscoso». Ágil es lo mismo que «activo». Ya ves, es como una maleta: hay dos significados empaquetados en la misma palabra.

—Ahora lo entiendo —comentó Alicia muy pensativa—: ¿Y qué son los *toves*?

—Los *toves* son una especie de tejones, algo así como lagartos, y también se parecen a un sacacorchos.

—Deben ser unas criaturas de lo más curioso.

—En efecto —dijo Humpty Dumpty—: Construyen sus nidos debajo de los relojes de sol y también viven en los quesos.

—¿Y qué significan *rijar* y *tadralar*?

—*Rijar* significa girar y girar como un giróscopo. *Tadralar* significa hacer agujeros como una barrena.

—Y supongo que *la solea* es el trozo de hierba que hay debajo de un reloj de sol, ¿no? —dijo Alicia, sorprendida de su propia perspicacia.

—Desde luego que sí. Se le llama *solea*, sabes, porque va antes y después del sol.

—Y va más allá que él en ambas direcciones —añadió Alicia.

—Exactamente. Bueno, entonces, *misébiles* significa «miserable» y «débil» a un tiempo (ahí tienes otra palabra-maleta). Y un «borgove» es un pájaro muy desaliñado que tiene plumas por todo el cuerpo, algo así como una fregona viviente.

—¿Y qué hay de los *verdos*? —preguntó Alicia—. Espero no estar molestándole demasiado.

—Bueno, un *verdo* es una especie de cerdo verde que ha perdido el camino de vuelta a casa.

—¿Y qué significa *brasilbar*?

—Bueno, *brasilbar* está a medio camino entre «bramar» y «silbar», con un estornudo en el medio: pero tal vez lo escuches en alguna ocasión en el bosque de allá lejos y con que lo oigas una vez ya puedes darte por satisfecha. ¿Quién te ha estado repitiendo estos versos tan difíciles?

—Lo leí en un libro —respondió Alicia—. También me han enseñado poesías más sencillas, un tal Tweedledee, creo.

—Si hablamos de poesía —comentó Humpty Dumpty, extendiendo una de sus grandes manos—, yo puedo recitar poesía mejor que cualquiera.

—¡Oh! ¡No es necesario! —se apresuró a añadir Alicia, con la esperanza de que el recital no diese comienzo.

—La poesía que te voy a recitar —continuó Humpty Dumpty, sin reparar en el comentario de la niña—, se escribió solamente para entretenerte.

Alicia sintió que, en ese caso, realmente *debería* escucharla, así que se sentó y le dio las gracias, con tristeza, a

Humpty Dumpty.

En invierno, cuando los campos están cubiertos de nieve, te canto esta canción para entretenerte.

—Sólo que no la canto —explicó Humpty Dumpty.

—Ya veo que no —dijo Alicia.

—Si eres capaz de *ver* si estoy cantando o no, tienes unos ojos más agudos que la mayoría de la gente —replicó severamente Humpty Dumpty. Alicia permaneció en silencio.

> En primavera, cuando los bosques estén verdes,
> intentaré explicarte lo que quiero decir.

—Muchísimas gracias —dijo Alicia.

> En verano, cuando los días sean largos,
> tal vez entiendas la canción.

> En otoño, cuando las hojas se tornen de color marrón,
> toma pluma y papel y escríbela.

—Lo haré, si es que para entonces todavía me acuerdo —dijo la niña.

—No hace falta que hagas comentarios de ese tipo —dijo Humpty Dumpty—: No son importantes, ¡y me distraen!

> Les envié un mensaje a los peces:
> les dije: «Esto es lo que quiero».

> Los peces pequeños del mar
> me mandaron su respuesta.

> Su respuesta decía:
> «No podemos hacerlo, señor, porque...».

—Me temo que no lo entiendo —dijo Alicia.

—Luego lo entenderás mejor —replicó Humpty Dumpty.

Les envié el mensaje otra vez, diciendo:
«Será mejor que me obedezcáis».

Los peces contestaron con una mueca:
«¡Vaya genio que tienes!»

Se lo dije una vez, se lo dije dos:
no me hicieron ni caso.

Tomé una caldera, grande y nueva,
que me serviría para lo que tenía que hacer.

Mi corazón palpitaba pum, pum,
al llenar la caldera con agua de la bomba.

Entonces alguien se acercó y dijo:
«Los peces pequeños están durmiendo».

Yo le contesté, bien claro:
«Entonces debes despertarlos».

Lo dije alto y claro,
porque se lo grité al oído.

Humpty Dumpty elevó el tono de su voz hasta convertir el último verso en un chillido, y Alicia pensó con estremecimiento: «¡No me hubiese gustado ser el mensajero por nada del mundo!»

Pero él, altanero y orgulloso,
contestó: «¡No hace falta gritar tanto!»

Era en verdad muy altanero y orgulloso,
pues dijo: «Iré a despertarles si...»

Tomé un sacacorchos del estante:
fui a despertarlos yo mismo.

Y cuando vi que la puerta estaba cerrada,
empujé y tiré, y golpeé y llamé.

Y cuando vi que la puerta seguía cerrada,
intenté probar con el asidero, pero...

Hubo una larga pausa.

—¿Eso es todo? —preguntó tímidamente Alicia.

—Eso es todo —replicó Humpty Dumpty—. Adiós.

Alicia pensó que aquella era una forma algo brusca de despedirse; pero después de esa indirecta tenía que marcharse, porque pensó que no sería de buena educación quedarse allí. Así que le tendió la mano y dijo:

—¡Adiós! ¡Hasta que volvamos a vernos! —con el tono más alegre del que fue capaz.

—No te reconocería aunque volviésemos a encontrarnos alguna vez —replicó Humpty Dumpty en tono displicente, dándole a Alicia sólo un dedo de la mano—. ¡Te pareces tanto al resto de la gente!

—Es la cara la que nos hace diferentes, diría yo —replicó Alicia en tono pensativo.

—Eso es justamente de lo que me quejo —dijo Humpty Dumpty—. Tu cara es igual a la de todos los demás, tiene dos ojos, así... —(y los señaló en el aire con su dedo pulgar)—, tiene nariz en el medio y boca debajo. Siempre igual. Si hubieses tenido los dos ojos en el mismo lado de la cara, por ejemplo, o la boca arriba, eso hubiese servido de *alguna* ayuda.

—No quedaría nada bien —objetó Alicia. Pero Humpty Dumpty cerró los ojos y dijo:

—No lo sabrás hasta que no lo pruebes.

Alicia esperó un minuto, por si él volvía a hablar, pero, como Humpty Dumpty no abría los ojos ni le hacía el menor caso, dijo: «¡Adiós!» una vez más y, al no obtener respuesta, se alejó. No podía evitar decirse, mientras caminaba: «De todas las personas insatisfactorias...» (se dijo en voz alta esta palabra, porque era estupendo tener una palabra tan larga que pronunciar), «de todas las personas insatisfactorias que he conocido *jamás*...» Nunca acabó la frase, porque en aquel momento un ruido ensordecedor, como de algo que se caía, sacudió el bosque de un extremo a otro.

CAPÍTULO VII

EL LEÓN Y EL UNICORNIO

A continuación empezaron a aparecer soldados corriendo por el bosque, primero en grupos de dos y de tres, luego en montones de diez y de veinte, y al final, en formaciones de tantos soldados que parecían llenar el bosque entero. Alicia se escondió detrás de un árbol, por miedo a ser atropellada, y observó cómo se alejaban.

Pensó que nunca en su vida había visto soldados de paso tan vacilante: siempre se tropezaban con esto o con aquello, y cuando uno se caía varios se caían inevitablemente sobre él, así que el suelo pronto se cubrió de montoncitos de hombres.

Después aparecieron los caballos. Como tenían cuatro patas, se las apañaban mejor que los soldados: pero también ellos se caían de cuando en cuando; parecía que seguían una regla: cada vez que un caballo se caía, su jinete salía despedido inmediatamente. La confusión iba en aumento y Alicia se alegró de poder llegar a un claro del bosque, donde se encontró con el mismísimo Rey Blanco sentado en el suelo, muy ocupado escribiendo en su cuaderno de notas.

—¡Los he enviado a todos! —gritó el Rey en tono alegre al ver a la niña—. ¿Has visto por casualidad a algunos soldados, querida, al pasar por el bosque?

—Sí, desde luego —contestó Alicia—: Varios miles, me parece.

—Cuatro mil doscientos siete, para ser exactos —dijo el Rey, consultando su cuaderno de notas—. No he podido mandar a todos los caballos, ¿sabes?, porque necesito dos para el juego. Y tampoco he enviado a dos de mis mensajeros. Se han ido a la ciudad. Asómate al camino y dime si les ves.

—No veo a nadie por el camino —contestó Alicia.

—¡Ojalá yo tuviese esa vista! —se quejó el Rey—. ¡Ser capaz de no ver a nadie! ¡A esa distancia! Bueno, ¡ya hago bastante viendo a alguien con esta luz!

Alicia no se enteraba de lo que decía el Rey y seguía mirando fijamente al camino, protegiéndose los ojos con una mano.

—¡Ahora sí veo a alguien! —exclamó por fin—. ¡Pero se acerca muy despacio y anda de una manera muy curiosa! (Porque el mensajero venía dando saltos, girándose sobre sí mismo como si fuera una angila y extendiendo sus grandes manos a ambos lados como si de abanicos se tratase).

—Nada de curiosa —dijo el Rey—. Es un mensajero anglosajón y anda de forma anglosajona. Sólo lo hace cuando se siente feliz. Su nombre es Haigha.

—Amo a mi amor que empieza con H —Alicia no pudo reprimir—, porque es hábil. Le odio con H, porque es muy horroroso. Le alimento con bocadillos de harina y heno. Se llama Haigha y vive...

—Vive en una montaña de heno —comentó el Rey de forma bastante simple, sin darse cuenta de que se había incorporado al juego, justo cuando Alicia estaba pensando en el nombre de una ciudad que empezase por H—. El otro mensajero se llama Hatta. Debo tener dos para ir y venir. Uno que venga, otro que vaya.

—Le pido disculpas —le dijo Alicia.

—Pedir no es nada respetable —dijo el Rey.

—Sólo quise decir que no le he entendido —replicó Alicia—. ¿Por qué va uno y el otro vuelve?

—¿Es que no te lo he dicho? —repitió el Rey con impaciencia—. Debo tener dos para llevar y traer. Uno para traer, el otro para llevar.

En ese momento llegó el mensajero: tan exhausto y sin aliento que no podía pronunciar palabra, sólo atinaba a agitar los brazos y hacerle muecas al pobre Rey.

—Esta jovencita te quiere con H —dijo el Rey, presentándole a Alicia, con la esperanza de desviar de sí la atención del mensajero, pero era inútil: los gestos anglosajones se hacían más violentos a cada momento, mientras que los ojos giraban desorbitadamente de un lado a otro.

—¡Me estás alarmando! —dijo el Rey—. ¡Me siento débil! ¡Dame un bocadillo de jamón!

Al oír esto, el mensajero, ante el regocijo de Alicia, abrió una bolsa que llevaba colgada del cuello y le dio al Rey un bocadillo, quien lo devoró al instante.

—¡Otro bocadillo! —pidió el Rey.

—No queda nada más que heno —dijo el mensajero, escudriñando su bolsa.

—Heno, entonces —murmuró quedamente el Rey.

Alicia se alegró al ver que el heno parecía reavivar al Rey.

—No hay nada como comer heno cuando te sientes débil —comentó el Rey, masticando.

—Creo que si te arrojase agua fría por encima te sentirías mucho mejor —sugirió Alicia—, o, mejor aún, un poco de sales.

—Yo no dije que no hubiera nada mejor —replicó el Rey—. Dije que no hay nada *como* comer un poco. Alicia no se atrevió a llevarle la contraria.

—¿A quién te cruzaste por el camino? —continuó el Rey, extendiendo la mano para que el mensajero le diera más heno.

—A nadie —contestó éste.

—Exacto —dijo el Rey—: Esta jovencita le vio también. Así que Nadie camina más despacio que tú.

—Hago lo que puedo —se quejó el mensajero—. Estoy seguro que nadie camina más rápido que yo.

—Eso no puede ser —dijo el Rey—, porque, si así fuera, Nadie habría llegado aquí antes. Pero, ahora que ya has recuperado el aliento, podrás contarnos qué ha ocurrido en la ciudad.

—Os lo susurraré —dijo el mensajero, poniéndose las manos en la boca a modo de trompeta y acercándose al Rey, dispuesto a hablarle al oído. Alicia lo sintió, porque ella también quería escuchar las noticias. Sin embargo, en vez de susurrar, el mensajero se puso a gritar tan fuerte como pudo—: ¡¡¡Han vuelto a lo de siempre!!!

—¿A *esto* lo llamas susurrar? —gritó el pobre Rey, saltando y dando sacudidas en el aire—. ¡Como vuelvas a hacerlo otra vez mandaré que te golpeen! ¡Tus gritos me han atravesado la cabeza como un terremoto!

«¡Habría sido un terremoto muy pequeño!» pensó Alicia.

—¿Quiénes han vuelto a lo de siempre? —se atrevió a preguntar.

—El León y el Unicornio, naturalmente —respondió el Rey.

—¿Luchan por la corona?

—Claro que sí —continuó el Rey—: ¡Y lo más gracioso es que luchan por una corona que es *mía*! ¡Vayamos a verlos! Y mientras se marchaban corriendo, Alicia se repetía la letra de una vieja canción:

El León y el Unicornio luchaban por la corona;
el León venció al Unicornio por toda la ciudad.
Unos les daban pan blanco y otros pan de centeno;
unos les daban bizcochos hasta sacarlos de la ciudad a
[tamborilazos.

—¿Y el... el que gane... consiguirá la corona? —preguntó la niña, como pudo, porque de tanto correr se estaba quedando sin respiración.

—¡Claro que no! —respondió el Rey—. ¡Pues vaya idea!

—¿Sería usted... tan amable... —jadeó Alicia, después de haber corrido un rato más—, de parar un minuto... para... recobrar el aliento?

—Sí que soy tan amable —dijo el Rey—, sólo que no soy lo suficientemente fuerte. Ves, ¡un minuto pasa tan velozmente! ¡Sería como intentar parar un Bandersnatch!

Alicia ya no tenía aliento suficiente para responder, así que continuaron corriendo en silencio, hasta que avistaron una gran multitud, en cuyo centro el León y el Unicornio estaban luchando. Formaban tal nube de polvo que Alicia en un principio no podía distinguir quién era quién; pero pronto se las arregló para identificar al Unicornio por su cuerno.

Se situaron cerca de donde estaba Hatta, el otro mensajero, que observaba también el combate, con una taza de té en una mano y con un trozo de pan con mantequilla en la otra.

—Acaba de salir de prisión y no había terminado de tomarse el té cuando fue encarcelado —le susurró Haigha a Alicia—: Y, como sólo le han dado conchas de ostras para comer ahí dentro, tiene mucha hambre y sed. ¿Cómo estás, querido amigo? —continuó, rodeando con su brazo el cuello de Hatta afectuosamente.

Hatta se volvió y asintió con la cabeza, mientras seguía comiéndose el pan con mantequilla.

—¿Qué tal te fue en prisión, querido amigo? —preguntó Haigha.

Hatta se volvió de nuevo y esta vez dos lagrimones le surcaron las mejillas; pero no dijo una palabra.

—¡Habla! ¿Es que no puedes? —exclamó Haigha con impaciencia. Pero Hatta tan sólo seguía mordisqueando su pan y bebiendo su té.

—¡Habla de una vez! —gritó el Rey—. ¿Cómo va el combate?

Hatta hizo un esfuerzo desesperado y se tragó un gran pedazo de pan con mantequilla.

—Van muy bien —dijo, atragantándose—: Cada uno de ellos ha caído ochenta y siete veces.

—¿Entonces traerán pronto el pan blanco y el de centeno? —se atrevió Alicia a preguntar.

—Ya lo han servido —dijo Hatta—: Yo ya he cogido un trozo y me lo estoy comiendo.

Hubo una pausa en el combate y el León y el Unicornio se sentaron, jadeantes, mientras el Rey anunciaba:

—¡Diez minutos de descanso! ¡A comer!

Haigha y Hatta se pusieron a ello inmediatamente, sacando unas bandejas de pan blanco y de centeno. Alicia tomó un trocito para probar, pero estaba muy seco.

—No creo que luchen más por hoy —le dijo el Rey a Hatta—: Ve y ordena que toquen los tambores. Y Hatta se alejó dando botes como un saltamontes.

Durante un rato Alicia le observó en silencio. De repente gritó:

—¡Mira! ¡Mira! —dijo, señalando un punto—. ¡Ahí va la Reina Blanca corriendo por el campo! ¡Salió volando del bosque! ¡Qué rápido pueden correr estas Reinas!

—Algún enemigo la persigue, sin duda —dijo el Rey, sin siquiera volverse para mirar—. El bosque está lleno de enemigos.

—Pero, ¿es que no va a ir corriendo en su ayuda? —le preguntó Alicia, sorprendida de la tranquilidad que mostraba el Rey.

—¡Es inútil! ¡Es inútil! —le respondió el Rey—. Ella corre demasiado rápido. ¡Sería como intentar alcanzar a un Bandersnatch! Pero tomaré nota, si quieres. La Reina es una criatura encantadora —se repitió quedamente a sí mismo, mientras abría su cuaderno de notas—. ¿Se escribe criatura con doble «i»?

En ese momento el Unicornio llegó junto a ellos, con las manos en los bolsillos.

—¡He estado a punto de ganar! —le dijo al Rey, mirándole de reojo al pasar.

—A punto, a punto —replicó el Rey, algo nervioso—. Pero no deberías haberle herido con tu cuerno, ¿sabes?

—No le hice ningún daño —dijo el Unicornio, sin darle importancia; estaba a punto de continuar su camino, cuando reparó en Alicia: al instante se dio la vuelta y se quedó mirándola un rato con expresión de disgusto.

—¿Qué-es-esto? —preguntó al fin.

—¡Es una niña! —contestó rápidamente Haigha, acercándose para presentarle a Alicia, extendiendo hacia ella sus manos a la manera anglosajona—. La hemos encontrado hoy. Es de tamaño natural y ¡tan real como la vida misma!

—¡Yo siempre había creído que las niñas eran unos monstruos fabulosos! —dijo el Unicornio—. ¿Está aún viva?

—Puede hablar —le contestó Haigha solemnemente.

El Unicornio miró a Alicia con expresión soñadora y dijo:

—Habla, niña.

Alicia no pudo evitar sonreírse mientras decía:

—Sabes, ¡siempre he pensado que los Unicornios eran unos monstruos fabulosos! ¡Nunca antes había visto uno vivo!

—Bueno, ahora que nos hemos visto mutuamente —dijo el Unicornio—, si tú crees en mí, yo creeré en ti. ¿No es un buen trato?

—Sí, si tú quieres —dijo Alicia.

—¡Venga, tráeme un bizcocho, hombre! —continuó el Unicornio, volviéndose para dirigirse al Rey—: ¡Nada de pan de centeno para mí!

—¡En seguida, en seguida! —murmuró el Rey, que le ordenó a Haigha—: ¡Abre la bolsa! ¡Rápido! ¡No, ésa no! ¡Está llena de heno!

Haigha sacó un gran bizcocho de su bolsa y se lo dio a Alicia para que lo sujetase, mientras que sacaba un plato y un cuchillo de cocina. Alicia no podía entender cómo salía todo aquello de la bolsa. Pensó que se trataba de un conjuro mágico.

El León se había unido al grupo mientras tanto: parecía muy cansado y soñoliento, tenía los ojos medio cerrados.

—Pero, ¿qué es esto? —dijo, parpadeando y mirando con pereza a Alicia, hablando con una voz tan ronca que más bien parecía el retumbar de una campana.

—¡Ah! ¿Qué *es* esto? —exclamó el Unicornio—. ¡Nunca lo averiguarás! ¡Yo no pude!

El León miró a Alicia con vista cansada.

—¿Qué eres: animal, vegetal o mineral? —dijo, bostezando a cada palabra.

—¡Es un monstruo fabuloso! —dijo el Unicornio, antes de que Alicia pudiera responder.

—Entonces, dame el bizcocho, monstruo —dijo el León, tumbándose y apoyando la barbilla entre sus garras—. ¡Y sentaos los dos! —dirigiéndose al Rey y al Unicornio—: ¡No hagáis trampas con el bizcocho!

El Rey se sentía claramente muy incómodo al tener que sentarse entre dos criaturas tan enormes: pero no había otro sitio.

—¡Ahora sí que podíamos luchar por la corona! —dijo el Unicornio, mirando de reojo a la corona que el Rey llevaba en la cabeza, y que estaba a punto de caerse por los temblores que sacudían a su majestad.

—Yo sería fácilmente el ganador —dijo el León.

—Pues yo no estoy tan seguro —contestó el Unicornio.

—¡Qué dices! ¡Si te he ganado por toda la ciudad, gallina! —replicó, muy enfadado, el León, medio poniéndose en pie.

Aquí el Rey les interrumpió, para evitar que la riña continuase: estaba muy nervioso y le temblaba la voz.

—¿Por toda la ciudad? —dijo—. Eso es mucho. ¿Llegasteis hasta el puente viejo o hasta el mercado? Desde el puente viejo se obtiene la mejor vista de la ciudad.

—No sé por dónde fuimos —gruñó el León, mientras volvía a tumbarse en el suelo—. Había demasiado polvo como para distinguir nada. ¡Cuánto tarda este monstruo en cortar el bizcocho!

Mientras tanto, Alicia se había sentado a la orilla de un pequeño arroyo, con el gran plato entre las piernas, cortando el bizcocho diligentemente con un cuchillo.

—¡Es increíble! —dijo, respondiendo al León (se estaba acostumbrando a que la llamasen monstruo)—. ¡He cortado varias rebanadas ya, pero siempre se vuelven a unir!

—No sabes cómo manejar bizcochos de la Casa del Espejo —comentó el Unicornio—. Tienes que repartir las porciones primero y luego cortarlas.

Esto a Alicia le parecía una solemne tontería, pero, muy obedientemente, se levantó y llevó la bandeja a donde estaban sentados los tres, y de pronto el bizcocho se dividió en tres piezas.

—Córtalo *ahora* —dijo el León, cuando la niña regresó a su sitio con el plato vacío.

—¡Esto no es justo! —exclamó el Unicornio, mientras Alicia se sentaba con el cuchillo en las manos, sin saber muy bien qué hacer.

—¡El monstruo le ha dado al León doble ración que a mí!

—Sin embargo, ella no se ha quedado con nada —dijo el León—. ¿Quieres un poco de bizcocho, monstruo?

Pero, antes de que Alicia pudiera responderle, comenzaron a sonar los tambores. No podía identificar de dónde venía el sonido, pero el aire pareció llenarse de él, y sonaba y sonaba cada vez más fuerte, hasta que la niña pensó que iba a quedarse sorda. Se levantó de un salto y, llena de terror, cruzó el arroyo, justo a tiempo de ver cómo se levantaban el León y el Unicornio, muy enfadados por haber sido interrumpidos en su merienda, y cayendo de rodillas, se tapó los oídos con las manos, tratando en vano de protegerse de aquel terrible estruendo.

«Si con esto no los sacan de la ciudad» pensó para sus adentros, «¡nada lo hará!»

CAPÍTULO VIII

«ES DE MI PROPIA INVENCIÓN»

Poco después, el sonido empezó a disminuir gradualmente, hasta que se hizo el silencio más total, y Alicia levantó la cabeza un poco asustada. No se veía a nadie, y lo primero que pensó fue que había soñado con el León y el Unicornio, y con aquellos extraños mensajeros anglosajones. Sin embargo, el enorme plato estaba todavía a sus pies, el mismo plato en el que había intentado cortar el bizcocho: «¡Así que no he estado soñando, después de todo!» se dijo: «A no ser que... a no ser que todos formemos parte del mismo sueño. ¡Espero que al menos sea de mi sueño y no el del Rey Rojo! No me gustaría nada pertenecer al sueño de otra persona» continuó, en tono lastimero: «¡Lo mejor será que vaya y le despierte, a ver qué ocurre!»

En ese momento un grito muy fuerte, «¡Alto! ¡Alto! ¡Jaque!» interrumpió sus pensamientos y un caballero, vestido con armadura carmesí, llegó hasta ella galopando, blandiendo una gran maza. Justo cuando llegó a su lado, el caballo se paró de pronto:

—¡Eres mi prisionera! —gritó el Caballero, cayéndose de su montura.

Alicia, austada como estaba, se sentía aún más preocupada por él que por ella misma en ese momento, y le observaba con ansiedad, mientras el Caballero volvía a montar su caballo. Tan pronto como se hubo sentado confortablemente en la silla, empezó otra vez:

—¡Eres mi... —pero otra voz le interrumpió:

—¡Alto! ¡Alto! ¡Jaque! —y Alicia se dio la vuelta muy sorprendida tratando de ver al nuevo enemigo.

Esta vez se trataba de un Caballero Blanco. Se acercó a Alicia, se cayó de su montura tal como había hecho antes el Caballero Rojo; después se levantó y los dos caballeros se miraron en silencio. Alicia miraba a uno y a otro totalmente desconcertada.

—¡Ella es mi prisionera! —dijo, por fin, el Caballero Rojo.

—¡Sí, pero yo la he rescatado! —replicó el Caballero Blanco.

—Bien, ¡entonces lucharemos por ella! —dijo el Caballero Rojo, cogiendo su yelmo (que colgaba de su montura y que tenía la forma de la cabeza de un caballo) y poniéndoselo.

—Desde luego, guardaréis las reglas del combate, supongo —comentó el Caballero Blanco, a la vez que se ponía también su yelmo.

—Siempre lo hago —respondió el Caballero Rojo, y empezaron a golpearse con tanta furia que Alicia tuvo que esconderse detrás de un árbol para esquivar los golpes.

«Me pregunto cuáles son las reglas del combate» se dijo a sí misma, mientras observaba la lucha, asomando tímidamente la cabeza por detrás de su escondite: «Una regla parece ser que, si un caballero golpea al otro, lo derriba de su caballo y, si falla, entonces se tira él, y otra regla parece ser que ambos sostienen las mazas en la mano como si fuesen títeres. ¡Y qué ruido arman cuando se caen! ¡Se parece al ruido que hacen los hierros de la chimenea al caerse contra el guardafuegos! ¡Y qué silenciosos están los caballos! ¡Les dejan subirse y bajarse como si fueran muebles!»

Otra de las reglas del combate, de la que Alicia no se había percatado, parecía ser que siempre que se caían lo hacían sobre sus cabezas, y el combate terminó cuando los dos caballeros se cayeron de esta forma, uno al lado del otro: al levantarse, se estrecharon la mano y el Caballero Rojo montó su caballo y se alejó galopando.

—Ha sido una victoria gloriosa, ¿no te parece? —dijo el Caballero Blanco, acércandose, jadeante, a la niña.

—No lo sé —contestó dubitativa Alicia—. No quiero ser la prisionera de nadie. Yo lo que quiero ser es reina.

—Y lo serás, cuando hayas cruzado el próximo arroyo —dijo el Caballero Blanco—. Te acompañaré para que llegues sana y salva al otro lado del bosque; entonces deberé marcharme, ya sabes. Ahí acaba mi jugada.

—Muchas gracias —dijo Alicia—. ¿Quiere que le ayude con su yelmo? Evidentemente el Caballero no podía quitárselo solo; pero la niña lo consiguió a base de sacudirlo.

—Ahora puede uno respirar con más facilidad —dijo el Caballero, echándose hacia atrás su enmarañada cabellera con ambas manos y volviendo su rostro amable y dulces ojos hacia Alicia. La niña pensó que nunca en su vida había visto un soldado tan extraño como aquél.

Vestía una armadura de latón, que le quedaba bastante mal, y tenía una extraña caja de madera de pino cruzada sobre sus hombros del revés, con la tapa abierta. Alicia la observó con gran curiosidad.

—Veo que estás admirando mi pequeña caja —dijo el Caballero en tono amistoso—. Es de mi propia invención, para guardar ropas y bocadillos dentro. ¿Ves? La llevo del revés para que no le entre la lluvia.

—Pero entonces las cosas se pueden *caer* —comentó Alicia con amabilidad—. ¿Sabía que la tapa está abierta?

—No, no lo sabía —dijo el Caballero, mientras una sombra de contrariedad le cruzaba el rostro—. ¡Entonces se me habrán caído todas las cosas! Y la caja no sirve de nada sin ellas. Mientras hablaba se había quitado la caja de los hombros y estaba a punto de arrojarla entre unos arbustos, cuando se le ocurrió una súbita idea, y colgó la caja, con mucho cuidado, de un árbol.

—¿Puedes adivinar por qué he hecho esto? —le preguntó a Alicia.

Alicia contestó que no con la cabeza.

—Con la esperanza de que algunas abejas hagan en ella su nido: entonces, conseguiría un poco de miel.

—¡Pero si tiene una colmena de abejas, o algo que se le parece, atado a su silla! —contestó Alicia.

—Sí, y es una colmena muy buena —dijo el Caballero en tono disgustado—, una de las mejores. Pero no se le ha acercado ninguna abeja todavía. Y la otra cosa es una trampa para ratones. Supongo que los ratones espantan a las abejas, o las abejas a los ratones, no lo sé.

—Me pregunto para qué sirve la ratonera —dijo Alicia—. No parece muy probable que haya ratones en los lomos de un caballo.

—Tal vez no sea muy probable —contestó el Caballero—, pero si vinieran no me gustaría tenerlos corriendo por todas partes.

—Ya ves —continuó después de una pausa—, está bien ir preparado contra todo. Por esa razón el caballo lleva pinchos en las patas.

—¿Y para qué sirven? —preguntó Alicia con gran curiosidad.

—Para protegerle de los mordiscos de los tiburones —replicó el Caballero—. Es una invención mía. Y ahora ayúdame. Iré contigo hasta el otro extremo del bosque. Y, ¿para qué sirve ese plato?

—Sirve para llevar un bizcocho —contestó Alicia.

—Será mejor que lo llevemos con nosotros —dijo el Caballero—. Nos servirá si nos encontramos un bizcocho por ahí. Ayúdame a meterlo en esta bolsa.

Les costó bastante tiempo meter el plato en la bolsa, porque, aunque Alicia la sostenía abierta, el Caballero resultaba
ser muy patoso metiendo en ella el plato: las dos o tres veces
que lo intentó al principio se metía él en la bolsa en vez de
meter el plato.

—Ya ves, la boca de la bolsa es muy estrecha —dijo, con-
siguiendo por fin meter en ella el plato—, ¡y hay tantos can-
delabros dentro! —dijo, mientras colgaba la bolsa de la silla,
que ya estaba cargada de manojos de zanahorias, de hierros
de chimenea y de otras muchas cosas.

—Espero que lleves el pelo bien sujeto —continuó el
Caballero, cuando comenzaron a andar.

—Como siempre —dijo Alicia sonriendo.

—Eso no es suficiente —dijo él con inquietud—. El viento es muy fuerte por aquí. Es tan fuerte como la sopa.

—¿Has inventado algo para que el pelo no se vuele? —preguntó Alicia.

—Todavía no —contestó el Caballero—. Pero tengo un
remedio para evitar que se caiga.

—Me gustaría oírlo.

—Se coge primero un palo muy recto —dijo el Caballero—. Después, se enrolla en él el pelo, como si fuera una
enredadera. Bien, la razón por la que el pelo se cae es porque cuelga, las cosas nunca se caen hacia *arriba*, ya sabes.
Es de mi propia invención. ¿Te gustaría probarlo?

Aquel método para mantener el pelo en su sitio no le parecía a Alicia demasiado cómodo, así que durante unos minutos
la niña continuó caminando en silencio, dándole vueltas en la
cabeza, y de cuando en cuando se tenía que parar para ayudar
al pobre Caballero, que, en verdad, no era un buen jinete.

Cada vez que su caballo se paraba (cosa que ocurría muy
a menudo), el Caballero se caía por delante del animal, y
cada vez que el caballo comenzaba de nuevo a caminar (cosa
que el animal hacía un tanto bruscamente), el Caballero se

caía por detrás. Aparte de esto, el Caballero se mantenía bien en la silla, aunque tenía la costumbre de caerse por los lados de cuando en cuando, y normalmente se caía por el lado por el que Alicia caminaba, así que la niña pronto se dio cuenta de que lo mejor era andar no muy cerca del animal.

—Me temo que no tienes mucha práctica en cabalgar —se atrevió a comentar, mientras le ayudaba a subirse a la silla por quinta vez.

El Caballero pareció muy sorprendido, e incluso un poco ofendido.

—¿Qué te hace decir eso? —preguntó, mientras se encaramaba de nuevo sobre su montura, apoyándose en el pelo de Alicia para no caerse por el otro lado.

—Porque la gente no se cae con tanta frecuencia, si tiene mucha práctica.

—Yo tengo mucha práctica —dijo el Caballero con voz grave—: ¡Muchísima!

A Alicia no se le ocurrió otra cosa que responder:

—¿De veras? —aunque lo dijo de la forma más amable posible. Después caminaron un rato en silencio, el Caballero con los ojos cerrados, susurrándose cosas a sí mismo, y Alicia esperando su próxima caída.

—El gran arte de la equitación —comentó, de pronto, el Caballero, hablando en voz alta y moviendo el brazo izquierdo mientras tanto—, consiste en mantener... —Y aquí la frase acabó tan repentinamente como había empezado, ya que el Caballero se cayó pesadamente de cabeza, justo por donde Alicia estaba caminando. Esta vez la niña se asustó y le preguntó con preocupación, mientras le ayudaba a levantarse:

—No se ha roto ningún hueso, ¿verdad?

—Ninguno del que merezca la pena hablar —contestó el Caballero, como si no le importase romperse dos o tres—. El gran arte de la equitación, como te iba diciendo, consiste en mantener el equllibrio. Así, ¿ves?...

De repente soltó las riendas y extendió los brazos para demostrarle a Alicia lo que quería decir, y esta vez se cayó cuan largo era sobre su espalda, justo bajo las patas del caballo.

—¡Muchísma práctica! —repitió, mientras Alicia le ayudaba a ponerse de pie otra vez—. ¡Muchísima práctica!

—¡Esto es ridículo! —exclamó Alicia, acabando de perder la paciencia—. ¡Debería cabalgar un caballo de madera con ruedas! ¡Sí señor!

—¿Son fáciles de montar esos caballos? —preguntó el Caballero, muy interesado, rodeando con los brazos el cuello del caballo mientras hablaba, justo a tiempo de evitar caerse una vez más.

—Mucho más fáciles que un caballo de verdad —contestó Alicia, sin poder contener la risa, a pesar de todos sus esfuerzos.

—¡Me compraré uno! —se dijo el Caballero a sí mismo muy pensativo—. Uno o dos..., varios.

Hubo un corto silencio; después el Caballero comenzó de nuevo:

—Tengo una gran habilidad para inventar cosas. Supongo que habrás notado, la última vez que me ayudaste a levantarme, que estaba muy pensativo.

—Sí, estabas un poco serio.

—Bien, me estaba inventando una nueva forma de pasar por encima de una cerca. ¿Te gustaría escucharla?

—Muchísimo —dijo Alicia muy educadamente.

—Te contaré cómo se me ocurrió —dijo el Caballero—. Ves, pensé: «La única dificultad estriba en los pies: pues la cabeza es ya lo suficientemente alta». Ahora, si me pongo boca abajo con la cabeza sobre la cerca, la cabeza es lo suficientemente alta, entonces me pongo boca abajo y los pies también son lo bastante altos, ¿ves?, y paso por encima de la cerca, ¿entiendes?

—Sí, supongo que saltaría por encima de la cerca —dijo Alicia muy pensativa—: Pero, ¿no le parece que sería un poco difícil?

—Todavía no lo he intentado —respondió el Caballero muy serio—: Así que no te lo puedo decir, pero me temo que sería un poquito difícil, sí.

Parecía tan preocupado por la idea que Alicia cambió rápidamente de tema.

—¡Qué yelmo tan curioso lleva! —dijo la niña alegremente—. ¿Es también de su invención?

El Caballero miró con orgullo su yelmo, que colgaba de la silla de su caballo.

—Sí —dijo—, pero he inventado otro aún mejor, se parece a un pan de azúcar. Cuando lo llevaba, si me caía del caballo, el yemo tocaba la tierra antes que yo. Así que mi caída era muy corta, ¿sabes? El único problema era que a veces me caía dentro del yelmo. Me ocurrió una vez y lo peor fue que, antes de que pudiera salir, otro caballero llegó y se lo puso. Creyó que era suyo.

El Caballero hablaba con tanta seriedad del asunto que Alicia no se atrevía a reír.

—Me temo que usted le hizo daño al otro caballero —dijo con voz temblorosa—, estando como estaba sobre su cabeza.

—Bueno, tuve que darle unas patadas, desde luego —dijo el Caballero con la misma seriedad—. Y entonces él se quitó el yelmo, pero tardaron horas y horas en sacarme de allí. ¡Estaba tan incómodo!

—Pero hay buena diferencia de fortaleza —objetó Alicia.

El Caballero dio una sacudida.

—Él tenía fortaleza, yo seguridad —dijo.

El Caballero movió la cabaza de un lado a otro y levantó los brazos con tal excitación que se cayó al instante de su montura, yendo a parar de cabeza a una zanja.

Alicia corrió hacia la zanja para ayudarle. La caída le había sorprendido, ya que el Caballero se había mantenido bien en su caballo durante un tiempo, y Alicia temía que, esta vez, se hubiera hecho daño de verdad. Sin embargo, aunque no podía ver más que la suela de sus zapatos, se sintió aliviada al escuchar su voz, hablando con su tono habitual.

—Estaba muy incómodo —repitió—, pero el otro Caballero fue muy descuidado al ponerse el yelmo de otra persona, con ella incluida.

—¿Cómo puede seguir hablando tan tranquilamente cabeza abajo? —le preguntó Alicia, mientras le sacaba de la zanja tirando de sus pies y le colocaba en el suelo.

El Caballero pareció sorprendido por la pregunta.

—¿Y qué importa dónde esté mi cuerpo? —dijo—. Mi mente sigue funcionando igual. De hecho, cuanto más cabeza abajo estoy, más cosas interesantes me invento.

—Mi invento más ingenioso de todos —continuó diciendo después de una breve pausa—, fue un pastel que inventé mientras servían la carne.

—¿Y tuvieron tiempo de cocinarlo y servirlo después del segundo plato? —preguntó la niña—. Bueno, a eso se le llama trabajar rápido.

—Bueno, no exactamente después del segundo plato —contestó el Caballero, con voz pensativa—: No, definitivamente no después del segundo plato.

—Entonces tuvo que ser al día siguiente. ¡Supongo que no se deben comer dos pasteles de postre en una sola cena!

—Bueno, tampoco al día siguiente —dijo el Caballero—: Tampoco al día siguiente. De hecho —continuó, inclinando la cabeza y en un tono cada vez más bajo—, ¡no creo que aquel pastel se llegase a cocinar nunca! ¡Y tampoco creo que se cocine jamás! Pero, sin embargo, era una pastel muy hábil de inventar.

—¿De qué estaba hecho? —preguntó Alicia, esperando animarle un poco, ya que el Caballero parecía muy triste.

—Empezaba con papel secante —contestó el Caballero con un suspiro.

—Me temo que eso no esté demasiado rico...

—No estaría muy rico *solo* —le interrumpió—, pero no te imaginas cómo cambiaría al mezclarlo con otros ingredientes, como pólvora y lacre. Y aquí debo dejarte.

Alicia parecía sorprendida: estaba pensando en el pastel.

—Estás triste —dijo el Caballero en tono preocupado—: Te cantaré una canción para que te animes.

—¿Es muy larga? —preguntó Alicia, que ya había escuchado bastante poesía aquel día.

—Es larga —dijo el Caballero—, pero es muy, *muy* bonita. A todos los que me escuchan cantarla se les llenan los ojos de lágrimas, o...

—¿O qué? —dijo Alicia, porque el Caballero se había quedado callado de repente.

—O no se llenan, ya sabes. El título de la canción es *Ojos de Merluza*.

—¡Ah! ¿Así se titula la canción? —preguntó Alicia tratando de aparentar interés.

—No, no lo entiendes —respondió el Caballero, un poco enojado—. Así es como se llama el título. El verdadero título es *El Viejo Envejecido*.

—Entonces debería haber dicho: ¿Cómo se llama la canción? —se corrigió la niña.

—No, no deberías haber dicho eso: eso es otra cosa. La canción se llama *Modos y Maneras*: ¡así es como se llama!

—Bueno, ¿y cuál es esa canción? —inquirió Alicia, completamente desconcertada.

—A eso iba —dijo el Caballero—. La canción es en verdad *Sentado en una Valla* y la música es de mi propia invención.

Diciendo así, el Caballero paró su caballo y soltó las riendas: entonces, marcando despacio el compás con una mano, y con una leve sonrisa que le iluminaba el rostro amable y bobo, comenzó.

De todas las cosas extrañas que Alicia vio en su viaje «a través del Espejo», ésta es la que recordaba con más claridad. Años más tarde podía todavía reconstruir la escena con facilidad, como si hubiese ocurrido ayer: la amable sonrisa del Caballero, sus tranquilos ojos azules, el sol brillando en su pelo y arrancando destellos de su armadura con un fulgor que casi la deslumbraba, el caballo que iba de acá para allá tranquilamente, con las riendas sueltas sobre su cuello, paciendo la hierba a sus pies y las sombras oscuras del bosque más allá, todo esto se le grabó en la memoria como si fuera un cuadro, mientras que, tapándose los ojos del sol con una mano, se apoyó en un árbol, observando la extraña pareja formada por el Caballero y su montura, y escuchó, medio en sueños, la melancólica música de aquella canción.

«Pero la música no es de su propia invención» se dijo para sus adentros, «sino que es de *Te doy cuanto poseo, no puedo darte más*». Y se quedó escuchando la canción atentamente, aunque los ojos no se le llenaron de lágrimas.

Te contaré todo lo que pueda,
   hay poco que contar.
Vi un anciano envejecido,
   sentado en una valla.
«¿Quién eres, anciano?», le pregunté.
   «¿Cómo es que vives todavía?»
Y su respuesta goteó por mi cabeza
   como agua por un colador.

Dijo: «Busco mariposas
   que duermen en el trigo:

con ellas hago pasteles de carne,
    que vendo por las calles.
Se los vendo a marineros», dijo,
    «que navegan por mares tormentosos;
así es cómo me gano el pan,
    una tontería, si quieres».

Pero estaba ideando un plan
    para teñirme los bigotes de verde
y usar siempre un gran abanico
    para que no puedan verme.
Así que, sin saber qué responderle
    a aquel anciano envejecido,
grité: «¡Ven! ¡Enséñame cómo vives!»
    Y le golpeé en la cabeza.

Con su suave acento prosiguió su relato.
    Dijo: «Voy por ahí
y cuando encuentro un arroyuelo de montaña
    le prendo llama,
y de ahí saco una sustancia a la que llaman
    Aceite de Marineros Macassar,
aunque dos peniques y medio es todo
    lo que me dan por mi trabajo».

Estaba pensando en la forma
    de alimentarme de manteca sola,
y así pasar día tras día
    engordando como una bola.
Lo sacudí fuerte de lado a lado,
    hasta que su rostro se tornó azul:
«¡Vamos! ¡Dime cómo vives!», grité.
    «¡Y qué es lo que haces!»

Él dijo: «Pesco ojos de merluzas

por entre el brillante brezo
y los convierto en botones para chalecos
en la noche silenciosa.
Y éstos no los vendo por una moneda de oro
ni de plata brillante,
sino que con medio penique de cobre
podrás comprar nueve.

A veces excavo buscando panecillos de mantequilla,
a veces pesco cangrejos con ramas de lima;
a veces busco entre montículos de hierba,
ruedas de cabriolé.
Y de esta forma (me hizo un guiño)
amaso mi fortuna
y de muy buena gana beberé
por vuestra salud, señor».

Y al escucharle yo, que justo entonces había
terminado mi plan
de librar de óxido al puente Menai
cociéndolo en vino,
le di las gracias por contarme
cómo amasaba su fortuna,
y por esto le deseé que
bebiese a gusto a mi salud.

Y ahora, si por casualidad meto
los dedos en pegamento,
o me pongo en el pie derecho
un zapato del izquierdo,
o si se cae sobre mi meñique
un gran peso,
lloro, porque me acuerdo
de aquel anciano que conocí,
cuya mirada era suave, su habla pausada,

su cabello más blanco que la nieve,
y su cara como la de un cuervo
con ojos, cual carbonillas, brillantes,
que parecía distraído en su infortunio,
que movía su cuerpo de un lado a otro,
y murmuraba en voz baja,
como si tuviese la boca llena de harina,
que bufaba como un búfalo,
aquella noche de verano tan lejana
sentado en una valla.

Tan pronto como hubo acabado el Caballero su balada, tomó las riendas de su caballo y lo dirigió hacia el camino por donde había llegado.

—Sólo te quedan unas cuantas yardas —dijo—, baja la colina, cruza ese pequeño arroyo, y entonces serás Reina. Pero antes, ¿no me vas a decir adiós? —añadió, viendo que Alicia se volvía mirando con ansiedad la dirección que él había señalado—. No me demoraré demasiado. Espera aquí y agita tu pañuelo cuando llegue a aquel recodo del camino, ¿lo harás? Creo que me dará fuerzas.

—Claro que esperaré —respondió Alicia—: Y muchas gracias por haberme acompañado hasta aquí y gracias por la canción, me ha gustado mucho.

—Eso espero —dijo, dubitativo, el Caballero—: Aunque no has llorado tanto como yo esperaba.

Así que se dieron la mano y el Caballero comenzó a adentrarse lentamente por el bosque. «¡Espero no tardar mucho en *despedirlo*!» se dijo la niña, mientras lo veía marchar. «¡Ahí va! ¡De cabeza, como siempre! Pero no le cuesta mucho volverse a subir al caballo; claro, como lleva tantas cosas colgando del animal...» Alicia siguió hablando sola, mientras observaba al caballo alejarse tranquilamente por el camino y al Caballero caerse, primero por un lado, luego por el otro. Después de cuatro o cinco caídas llegó al recodo del camino y Alicia agitó su pañuelo en señal de despedida, hasta que lo perdió de vista.

«Espero haberle dado ánimos» se dijo, mientras se daba la vuelta y comenzaba a bajar la colina: «Ahora, ¡a cruzar el último arroyo y a convertirme en Reina! ¡Qué bien suena!» Tras dar unos cuantos pasos más, la niña alcanzó la orilla del arroyo.

—¡Por fin la octava casilla! —gritó, mientras saltaba y caía sobre un césped tan suave como el musgo, con pequeños macizos de flores por acá y por allá.

—¡Oh, qué feliz me siento por estar aquí! Pero, ¿qué es esto que tengo en la cabeza? —exclamó disgustada al tocar algo pesado que le ceñía la cabeza.

«¿Cómo ha podido llegar hasta aquí sin que yo me haya dado cuenta?» se preguntó a sí misma, mientras levantaba el objeto y lo colocaba en su regazo para examinarlo y descubrir de qué se trataba.

Era una corona de oro.

CAPÍTULO IX

ALICIA, REINA

—¡Bueno, esto es fantástico! —dijo Alicia—. Nunca pensé que iba a convertirme en reina tan pronto, y te diré más majestad —continuó en tono severo (siempre había sido muy aficionada a regañarse a sí misma)—: ¡Está muy mal rodar así por la hierba! ¡Las reinas tienen que guardar la compostura!

Se levantó y comenzó a caminar, con ciudado al principio, porque tenía miedo que se le cayera la corona; pero pronto se tranquilizó pensando que allí no había nadie que pudiese verla, «y si soy de verdad una reina» se dijo mientras volvía a sentarse, «me acostumbraré a llevar la corona con el tiempo».

Todo estaba sucediendo de forma tan extraña que Alicia no se sorprendió ni lo más mínimo al encontrarse con la Reina Roja y la Reina Blanca sentadas junto a ella, una a cada lado: le hubiese gustado preguntarles cómo habían llegado hasta allí, pero temía que no fuera una pregunta de buena educación. Sin embargo, no habría nada de malo en preguntarles, pensó, si el juego había acabado.

—Por favor, podría decirme... —comentó, mirando tímidamente a la Reina Roja.

—¡Habla cuando se te pregunte! —la interrumpió la Reina Roja con brusquedad.

—Pero, si todo el mundo obedeciese esa regla —dijo Alicia, que siempre estaba dispuesta a empezar una discusión—, y si solamente hablases cuando alguien te preguntase, y si la otra persona siempre esperase que fueses *tú* quien iniciases la conversación, nunca nadie diría nada, así que...

—¡Tonterías! —exclamó la Reina—. ¿Pero es que no ves, niña... —y entonces la Reina dejó de hablar y, frunciendo el ceño, después de pensárselo un minuto, cambió súbitamente de tema de conversación—. ¿Qué quieres decir con eso de «si de verdad soy una reina»? ¿Qué derecho tienes a atribuirte ese título? No puedes ser reina, ¿sabes?, hasta que hayas aprobado el examen correspondiente. Y cuanto antes empecemos, mejor.

—¡Yo sólo dije «si de verdad»! —se excusó la pobre Alicia, con voz lastimera.

Las dos reinas se miraron y la Reina Roja comentó, con un escalofrío:

—Ella afirma que sólo ha dicho «si de verdad»...

—¡Ha dicho muchas cosas más! —se quejó la Reina Blanca, retorciéndose las manos—. ¡Oh! ¡Muchísimo más!

—Así es, y lo sabes —le dijo la Reina Roja a Alicia—. Di siempre la verdad: piensa antes de hablar y escribe lo que digas después.

—Estoy segura de que no quise decir... —comentó Alicia, pero la Reina Roja la interrumpió.

—¡De eso me quejo! ¡Es que *deberías* haber dicho lo que querías! ¿De qué sirve una niña que habla sin sentido? Incluso los chistes deben tener un sentido y los niños son más importantes que los chistes, espero. Eso no lo podrás negar, aunque lo intentes con ambas manos.

—Yo no niego las cosas con las manos, —objetó Alicia.

—Nadie dijo que lo hicieras —dijo la Reina Roja—. Dije que no podrías negarlo aunque lo intentaras.

—Es su naturaleza en este momento —dijo la Reina Blanca—. Quiere negar *algo*, ¡sólo que no sabe qué!

—¡Vaya genio tiene la niña! —exclamó la Reina Roja;

después hubo un silencio un tanto incómodo durante un minuto o dos.

La Reina Roja lo rompió diciéndole a la Reina Blanca:

—Te invito a la cena que Alicia ofrece esta tarde.

La Reina Blanca sonrió con delicadeza y replicó:

—Y yo te invito a *ti*.

—Yo no sabía que iba a dar una fiesta —dijo Alicia—, pero, en ese caso, creo que debería ser yo la que invitase a los comensales.

—Te damos la oportunidad de hacerlo —comentó la Reina Roja—, pero me atrevería a decir que no has recibido muchas lecciones de buenos modales, ¿verdad?

—Los buenos modales no se aprenden en lecciones —contestó Alicia—. Lo que se enseña en las lecciones es a hacer sumas y cosas por el estilo.

—¿Sabes sumar? —le preguntó la Reina Blanca—. ¿Cuántas son una y una y una y una y una y una y una y una y una?

—No lo sé —respondió Alicia—. He perdido la cuenta.

—Así que no sabe sumar —le interrumpió la Reina Roja—. Y, ¿sabes restar? ¿Cuántas son ocho menos nueve?

—No se puede restar nueve de ocho —replicó Alicia con rapidez—: Pero...

—Así que no sabe restar —dijo la Reina Blanca—. Y, ¿sabes dividir? Divide una barra de pan con un cuchillo, ¿cuál es el resultado?

—Supongo que... —comenzó Alicia, pero la Reina Roja contestó por ella—: Pan con mantequilla, por supuesto. Prueba a restar de nuevo. Quítale un hueso a un perro. ¿Qué te queda?

Alicia se lo pensó antes de responder.

—El hueso no quedaría, desde luego, ya que lo hemos quitado, y tampoco quedaría el perro; vendría para morderme y, entonces, ¡yo tampoco quedaría!

—¿Entonces crees que no quedaría nada? —le preguntó la Reina Roja.

—Sí, creo que ésa es la respuesta.

—Equivocada, como de costumbre —contestó la Reina Roja—. Quedaría la paciencia del perro.

—Pero es que no veo cómo...

—¡Veamos! —exclamó la Reina Roja—. El perro perdería la paciencia, ¿no?

—Tal vez sí —contestó Alicia con cautela.

—Entonces, al marcharse el perro, ¡queda su paciencia! —exclamó la Reina.

Alicia dijo, con toda la seriedad de la que era capaz:

—Pudiera ser que la paciencia y el perro se fueran por caminos diferentes, —y no pudo evitar pensar para sus adentros: «¡Qué sarta de tonterías estamos diciendo!»

—¡No tiene ni idea de hacer sumas! —exclamaron las reinas a un tiempo, con gran énfasis.

—Y usted, ¿sabe sumar? —dijo Alicia, volviéndose de pronto a la Reina Blanca, porque ya estaba cansada de tantas críticas.

La Reina carraspeó y cerró los ojos.

—Claro que sé sumar —contestó—, si me dejas tiempo. ¡Lo que no sé es restar!

—Supongo que te sabrás el abecedario —dijo la Reina Roja.

—Claro que me lo sé —respondió Alicia.

—Y yo también —dijo en un susurro la Reina Blanca—. A menudo lo recitamos juntas. Y te diré un secreto: ¡Sé leer palabras de una sola letra! ¿No es eso genial? Sin embargo, no te desanimes. Aprenderás con el tiempo.

Y entonces la Reina Roja continuó:

—¿Sabes responder preguntas útiles? —dijo—. ¿Cómo se hace el pan?

—¡Eso sí que lo sé! —gritó Alicia con excitación—. Tomas un poco de harina...

—¿Y dónde se encuentra esa flor? —preguntó la Reina Blanca—. ¿En un jardín o entre setos?

—Bueno, no es una flor que se *encuentre* —explicó Alicia—: Se muele...

—¿Cuántas veces se muele? —preguntó la Reina Blanca—. No debes dejar tantas cosas sin explicar.

—¡Abanícale la cabeza! —interrumpió la Reina Roja con ansiedad—. ¡Va a tener fiebre de tanto pensar!

Así que al instante pusieron manos a la obra y empezaron a abanicar a Alicia con hojas, hasta que la niña les suplicó que lo dejasen, porque le alborotaban el pelo.

—Ya se encuentra bien otra vez —dijo la Reina Roja—. ¿Sabes idiomas? ¿Cómo se dice en francés tontería?

—Tontería no es una palabra inglesa —contestó Alicia con seriedad.

—¿Y quién ha dicho que lo fuera? —replicó la Reina Roja.

Alicia pensó que esta vez sabía cómo sortear la dificultad.

—Si me dice a qué idioma pertenece la palabra tontería, ¡entonces te diré cómo se dice en francés! —exclamó la niña, con aire triunfal.

Pero la Reina Roja, irguiéndose muy altanera, dijo:

—Las reinas nunca hacen tratos.

«¡Ojalá que tampoco hiciesen tantas preguntas!» pensó Alicia para sus adentros.

—¡Dejemos de discutir! —pidió la Reina Blanca con insistencia—. A ver, ¿cuál es la causa de los relámpagos?

—La causa de los relámpagos —dijo Alicia con decisión, porque estaba muy segura de la respuesta—, es el trueno. ¡No, no! —se corrigió con rapidez—. Quise decir al revés.

—¡Demasiado tarde para correcciones! —exclamó la Reina Roja—: Una vez has dicho algo, ¡ya está!, debes asumir las consecuencias.

—Lo que me recuerda... —dijo la Reina Blanca, mirando hacia abajo y retorciéndose con nerviosismo las manos—, que hubo una tormenta tan espantosa el martes pasado, quiero decir uno de los del último grupo de martes, ya sabes.

—En nuestro país —contestó Alicia—, sólo hay un día a la vez.

La Reina Roja replicó:

—Pues vaya forma tan pobre de hacer las cosas. Aquí tenemos dos o tres días y noches a la vez, y en ocasiones, en invierno, hay hasta cinco noches a la vez; por el calor, ¿sabes?

—¿Es que cinco noches son más cálidas que una sola noche? —se atrevió a preguntar Alicia.

—Cinco veces más cálidas, naturalmente.

—Pero deberían ser cinco veces más frías, por esa regla de tres...

—¡Exactamente! —exclamó la Reina Roja—. Cinco veces más cálidas y cinco veces más frías; igual que yo soy cinco veces más rica que tú y cinco veces más lista!

Alicia no pudo más que suspirar y darse por vencida. «¡Es como una adivinanza sin solución posible!» pensó.

—Humpty Dumpty también lo vio así —prosiguió la Reina Blanca en voz baja, casi como si hablase para ella misma—. Llamó a la puerta con un sacacorchos en la mano...

—¿Para qué? —preguntó la Reina Roja.

—Dijo que quería entrar —continuó la Reina Blanca—, porque estaba buscando a un hipopótamo. Pero, aquella mañana precisamente, no había nada que se le pareciera en casa.

—¿Es que hay hipopótamos normalmente? —preguntó, atónita, Alicia.

—Bueno, solamente los jueves —contestó la Reina.

—Yo sé para qué Humpty Dumpty fue allí —dijo la niña—: Quería castigar a los peces porque...

Entonces la Reina Blanca comenzó a hablar de nuevo:

—¡Qué tormenta tan horrible! ¡No os la podéis imaginar!

—La niña nunca podría pensar —interrumpió la Reina Roja.

—Se cayó parte del tejado y se colaron muchos rayos dentro, que iban de acá para allá por toda la casa, derribando mesas y todo lo demás a su paso, ¡hasta que me asusté tanto que no pude recordar mi propio nombre!

Alicia se dijo para sus adentros: «¡A mí nunca se me ocurriría intentar recordar mi nombre en semejantes circunstancias! ¿De qué serviría?» pero no pronunció estas palabras en alto por miedo a herir los sentimientos de la pobre Reina.

—Su majestad debe excusarla —le dijo la Reina Roja a Alicia, tomando entre las suyas una mano de la Reina Blanca y acariciándola gentilmente—: Tiene buena intención, pero, por regla general, no puede evitar decir tonterías.

La Reina Blanca miró a Alicia tímidamente y la niña sintió que *debía* decir algo amable, pero no fue capaz de pronunciar palabra.

—Nunca fue educada debidamente —prosiguió la Reina Roja—: ¡Aunque es increíble el buen carácter que tiene! ¡Venga! ¡Dale golpecitos en la cabeza y verás qué contenta se pone! Pero Alicia no tuvo el valor de hacer tal cosa.

—Un poco de amabilidad y recogerle el pelo con papel hace maravillas con ella.

La Reina Blanca suspiró profundamente y apoyó su cabeza sobre el hombro de Alicia.

—¡Tengo tanto sueño! —gimió.

—¡Está cansada, pobrecita! —continuó la Reina Roja—. Alísale el pelo, préstale tu gorro de dormir y cántale una bonita nana.

—No tengo ningún gorro de dormir aquí —dijo Alicia, mientras intentaba obedecer su primera petición—: Y no conozco ninguna nana bonita.

—Entonces deberé cantarla yo —replicó la Reina Roja, quien comenzó:

¡Duérmete, Reina, en el regazo de Alicia! Hasta que empiece la fiesta, tenemos tiempo para una siesta.
Cuando la fiesta acabe, iremos todos al baile:
la Reina Roja, la Reina Blanca, Alicia y todos los demás!

—Y ahora que ya te sabes la letra —añadió, mientras apoyaba su cabeza en el hombro de Alicia—, cántamela a mí. Yo también empiezo a tener sueño. En un instante las dos reinas se habían quedado profundamente dormidas y roncaban.

—¿Qué voy a hacer ahora? —exclamó Alicia, mirando atónita a su alrededor, mientras que una cabeza primero, y luego la otra, rodaban de sus hombros a su regazo, como dos pesados fardos—. ¡No creo que haya ocurrido antes que alguien tuviese que cuidar a dos reinas dormidas a la vez! No, no, en toda la historia de Inglaterra no puede ser, porque nunca ha habido más de una reina a un tiempo. ¡Despertaros, pesadas! —prosiguió en tono impaciente, pero por toda respuesta sólo hubo ronquidos.

Éstos se percibían con mayor claridad a cada instante, y se parecían más y más al sonido de una canción: al final Alicia pudo incluso distinguir la letra, y se esforzaba en escuchar con tal atención que, en el momento en que las dos cabezas desaparecieron de su regazo, casi ni se dio cuenta.

Se encontró delante de una gran puerta arqueada, sobre la que aparecían escritas, con grandes letras, las palabras REINA ALICIA, y a cada lado de la puerta había una campanilla con un llamador: una marcada como «Visitas» y la otra como «Sirvientes».

«Esperaré a que acabe la canción» pensó Alicia, «y después tocaré la, la... ¿qué campanilla debo tocar?» continuó, muy sorprendida por los letreros. «No soy una visita y no soy una sirviente. Debería haber una campanilla marcada con el letrero REINA, me parece».

Justo en ese momento la puerta se abrió un poco y una criatura de largo pico asomó un momento la cabeza y dijo:

—¡No se admite a nadie hasta dentro de dos semanas! —y después cerró la puerta de golpe.

Alicia llamó y llamó en vano durante largo tiempo, hasta que al fin una rana muy anciana, que estaba sentada bajo un árbol, se levantó y se dirigió lentamente hacia donde ella estaba: iba vestida de color amarillo chillón y llevaba puestas unas enormes botas.

—¿Qué pasa ahora? —preguntó la Rana con voz ronca.

Alicia se volvió, dispuesta a echarle la culpa a cualquiera.

—¿Dónde está el sirviente que se encarga de abrir la puerta? —comentó.

—¿Qué puerta? —dijo la Rana.

Alicia, muy irritada, comenzó a dar patadas al suelo, enojada por la lentitud con la que hablaba la Rana.

—¡Esta puerta! ¿Cuál si no?

La Rana miró la puerta con sus grandes ojos saltones durante un rato, después se acercó y la frotó con el pulgar, como si quisiera comprobar si la pintura iba a caerse; después miró a Alicia.

—¿Quién abre la puerta? —prosiguió—. ¿Es que le has preguntado algo? —Su voz era tan ronca que Alicia casi no podía oírla.

—No sé lo que quieres decir —dijo la niña.

—Yo hablo inglés, ¿no? —contestó la Rana—. ¿O es que estás sorda? ¿Qué te ha preguntado la puerta?

—¡Nada! —replicó Alicia con impaciencia—. ¡La he estado golpeando!

—No deberías hacer eso; no deberías, no, señor —murmuró la Rana—. Se enfada si lo haces. —Entonces se levantó y le dio a la puerta una patada con una de sus grandes botas—. Déjala en paz —jadeó, mientras volvía cojeando a su árbol—, y ella te dejará a ti en paz.

En ese momento la puerta se abrió de par en par y pudo escucharse una voz chillona que cantaba:

Al mundo del espejo Alicia le dice,
con cetro en mano y corona sobre la cabeza:
que todas las criaturas del Espejo, sean lo que sean,
¡vengan a cenar con la Reina Roja, la Reina Blanca y
                                                    [conmigo!

Y un centenar de voces se unieron coreando el estribillo:

¡Entonces llenad los vasos rápido
y echad a la mesa capullos y salvado;
poned gatos en el café y ratones en el té,
y dadle la bienvenida a la Reina Alicia treinta veces tres!

A esto siguió un confuso ruido de brindis, y Alicia se dijo a sí misma: «Treinta veces tres son noventa. ¡Me pregunto si hay alguien que lleve la cuenta!» Al minuto se hizo el silencio otra vez y la misma voz chillona cantó otra estrofa:

«¡Oh, criaturas del Espejo!» ha dicho Alicia. «¡Venid!
Es un honor verme, un privilegio escucharme;
es una gran ocasión cenar
con la Reina Roja, la Reina Blanca y conmigo!»

Después se escuchó de nuevo al coro:

¡Entonces llenad los vasos con melaza y tinta,
o con cualquier otra cosa deliciosa;
mezclad arena con sidra y lana con vino,

y dadle la bienvenida a la Reina Alicia noventa veces nueve!

—¡Noventa veces nueve! —repitió, desesperada, Alicia—. ¡Es imposible! Será mejor que entre inmediatamente. Así lo hizo y la recibió el silencio más total en cuanto apareció.

Alicia miraba con nerviosismo la mesa, mientras avanzaba por la gran sala, y pronto se dio cuenta de que había cincuenta comensales, de todos los tipos: algunos eran animales, otros pájaros, e incluso había flores.

—Me alegro de que hayáis venido sin esperar a que os invitase —dijo—: ¡Nunca hubiera sabido a quién invitar!

Había tres sillas en la cabecera de la mesa. Las Reinas Roja y Blanca se habían sentado en dos de ellas, pero la silla del medio estaba vacía. Alicia se sentó, un poco incómoda por el silencio reinante, deseando que alguien hablase.

Por fin la Reina Roja comenzó:

—¡Te has perdido la sopa y el pescado! —dijo—. ¡Que traigan el asado!

Y al instante los sirvientes pusieron una pierna de cordero delante de Alicia, y ella la observó con ansiedad, porque nunca antes le habían pedido que cortase la carne.

—Te veo un poco tímida; déjame que te presente a la pierna de cordero —prosiguió la Reina Roja—. Alicia, ésta es la pierna de cordero; pierna de cordero, ésta es Alicia.

La pierna de cordero se levantó del plato y le hizo una reverencia a la niña; ella hizo lo propio, sin saber muy bien si reír o sentirse asustada.

—¿Puedo servirle una tajada? —dijo, cogiendo cuchillo y tenedor, y dirigiéndose con la mirada de una Reina a otra.

—Por supuesto que no —respondió la Reina Roja, muy decidida—. No es de buena educación cortar a alguien a quien te acaban de presentar. ¡Llévense la pierna de cordero!

Y los sirvientes la retiraron con prontitud y trajeron un pastel de frutas en su lugar.

—Por favor, no me presente al pastel de frutas —dijo Alicia rápidamente—, o no cenaremos nunca. ¿Puedo servirle un poco?

Pero la Reina Roja parecía enfadada y, frunciendo el ceño, dijo:

—Pastel, ésta es Alicia; Alicia, éste es el pastel. ¡Retiren el pastel de frutas! —y los sirvientes le obedecieron al instante, antes de que a Alicia le diese tiempo a devolverle la reverencia.

Sin embargo, Alicia no entendía por qué la Reina Roja era la única que daba órdenes; entonces, a modo de prueba, exclamó:

—¡Sirviente! ¡Traiga de nuevo el pastel! —y el pastel volvió a la mesa en un segundo, como si de magia se tratase. Era tan enorme que Alicia no pudo evitar sentirse un poco cohibida, tal como le había ocurrido con la pierna de cordero antes; pero, haciendo un gran esfuerzo por sobreponerse, le sirvió una porción a la Reina Roja.

—¡Qué impertinencia! —exclamó el Pastel—. Me pregunto si a ti te gustaría que yo te cortase en rodajas, criatura maleducada!

Alicia sólo pudo mirarlo con la boca abierta.

—Vamos, contéstale —dijo la Reina Roja—: ¡Es ridículo que sea el pastel quien lleve el peso de la conversación!

—¿Sabes? Hoy me han recitado una gran cantidad de poemas —comenzó diciendo Alicia, un poco asustada porque, en el mismo instante en que abrió la boca, se hizo el silencio más absoluto y todas las miradas quedaron fijas en ella—, y es algo muy curioso, me parece: todos los poemas tenían algo que ver con peces. ¿Puedes decirme por qué la gente por aquí es tan aficionada a los peces?

Alicia se había dirigido a la Reina Roja, y ésta le contestó con evasivas.

—Con respecto a los peces —dijo, muy despacio y solemnemente, acercando la boca al oído de Alicia—, su majestad la Reina Blanca conoce una adivinanza preciosa, en verso, sobre peces. ¿Quieres que la recite?

—Su majestad la Reina Roja es muy amable al mencionarlo —murmuró la Reina Blanca en el otro oído de Alicia, con un tono de voz que parecía el de un pichón—: ¡Me gustaría tanto hacerlo! ¿Puedo?

—Por favor —dijo Alicia, muy educadamente.

La Reina Blanca se rió con ganas, mientras acariciaba la mejilla de la niña. Después comenzó:

Primero hay que pescar al pez;
es fácil: hasta un niño lo haría.
      Después, hay que comprar el pez;
es fácil: con un penique, creo, lo comprarías.

      ¡Ahora cocinemos el pez!
Es fácil, no tardaremos más de un minuto.
      ¡Pongámoslo en la fuente!
Es fácil, pues ya está dentro.

      ¡Traedlo aquí! ¡Cenemos!
Es fácil poner una fuente así en la mesa.
      ¡Levantad la tapa!
¡Ah, *eso* es tan díficil que creo que no puedo!

      Está pegada como con pegamento;
une la tapa a la fuente, con el pez en medio:
      ¿qué es más fácil?
¿Destapar el pescado o resolver la adivinanza?

—Tómate tu tiempo para pensarlo y después intenta contestar —dijo la Reina Roja—. Mientras tanto, beberemos a tu salud. ¡A la salud de la Reina Alicia! —exclamó, tan fuerte como fue capaz, y de pronto todos los invitados empezaron a beber, de una forma muy rara: algunos colocaban los vasos sobre sus cabezas como si fueran apagavelas, y se bebían las gotas que les caían por la cara; otros vaciaban las jarras y se bebían el vino que caía por el borde de la mesa, y tres de ellos (que parecían canguros) saltaron sobre la fuente de cordero asado y empezaron a chupar la salsa, «¡como si fueran cerditos!» pensó Alicia.

—Tienes que dar las gracias por el banquete —dijo la Reina Roja, frunciendo el ceño mientras hablaba.

—Nosotras te apoyamos, ¿sabes? —murmuró la Reina Blanca, cuando Alicia se levantó para iniciar su discurso, muy obediente, aunque un poco asustada.

—Muchísimas gracias —murmuró—, pero me las arreglo bien yo sola.

—Con esas palabras no basta —replicó la Reina Roja muy decidida: así que Alicia tuvo que acceder a su petición de nuevo.

(«¡Qué manera tenían de empujar!» explicó la niña más tarde, cuando le relataba a su hermana la historia del banquete. «¡Era como si quisieran estrujarme al máximo!»)

En realidad le resultó bastante difícil mantenerse en su lugar mientras pronunciaba el discurso; las dos reinas la empujaban tanto, una por cada lado, que casi la levantan por los aires:

—¡Alzo mi copa para agradeceros... —comenzó Alicia, y de veras se *alzaba* por el aire mientras hablaba, y varias pulgadas; pero se agarró al borde de la mesa y se las arregló para volver a poner los pies en el suelo.

—¡Ten cuidado! —chilló la Reina Blanca, agarrándola del pelo con ambas manos—. ¡Va a ocurrir algo!

Y entonces (tal como Alicia lo contó después) ocurrieron toda suerte de cosas increíbles a un tiempo. Las velas crecieron de tamaño hasta alcanzar el techo, parecían más bien unos juncos con fuegos artificiales en la punta. Cada botella se armó de un par de platos, colocándoselos como si de alas se tratase, y así, con tenedores a modo de piernas, se fueron volando en todas las direcciones: «parecen pájaros» pensó Alicia, si es que se podía hacer tal cosa en medio de aquella terrible confusión.

En aquel momento escuchó una sonora carcajada a su lado y se volvió para ver qué le ocurría a la Reina Blanca; pero, en vez de la Reina, vio a la pierna de cordero sentada en su lugar.

—¡Aquí estoy! —gritó una voz que salía de la sopera, y Alicia se volvió de nuevo, justo a tiempo de ver la cara anchota y amable de la Reina haciéndole muecas desde el borde de la sopera, antes de desaparecer dentro de la sopa.

No había un minuto que perder. Algunos de los invitados estaban ya tumbados sobre los platos, y el cucharón de la sopa caminaba sobre la mesa en dirección a Alicia, haciéndole señas para que se apartase de su camino.

—¡No lo aguanto ni un minuto más! —gritó, agarrando el mantel con ambas manos: un buen tirón y todos los platos, fuentes, comensales y velas cayeron estrepitosamente al suelo.

—Y en lo que a ti respecta —continuó Alicia, volviéndose fieramente hacia la Reina Roja, a quien consideraba la causante de todo aquel lío... pero la Reina ya no estaba a su lado, se había encogido de pronto hasta quedarse del tamaño de una muñeca, y estaba ahora sobre la mesa, corriendo tan contenta tras su mantón, que le colgaba por detrás.

En otras circunstancias Alicia se habría sorprendido ante esta escena, pero estaba demasiado excitada como para soprenderse de nada «en aquel momento».

—Y en lo que a ti respecta —repitió, atrapando a la pequeña criatura justo en el momento en que se disponía a saltar sobre una botella que acababa de aterrizar sobre la mesa—, ¡te voy a sacudir tanto que te convertirás en un gato! ¡Verás!

CAPÍTULO X

LA SACUDIDA

Mientras hablaba la retiró de la mesa y empezó a sacudirla hacia delante y hacia atrás con todas sus fuerzas.

La Reina Roja no opuso resistencia; pero su cara se hacía más y más pequeña, sus ojos se volvían más y más grandes y más y más verdes; aun así, cuanto más la sacudía Alicia, más pequeña, y más gorda, y más suave, y más redonda se volvía hasta que...

CAPÍTULO XI

EL DESPERTAR

—... era realmente un gatito, después de todo.

CAPÍTULO XII

¿QUIÉN LO SOÑÓ?

—Su Roja majestad no debería maullar tan alto —dijo Alicia, restregándose los ojos y dirigiéndose al gatito con respeto, aunque en tono severo—. ¡Me has despertado de un..., ¡oh! ¡De un sueño tan agradable! Y tú has viajado conmigo, mínino..., por todo el mundo del Espejo. ¿Lo sabías?

Los gatitos tienen la mala costumbre (había dicho Alicia en cierta ocasión) de, en respuesta a cualquier cosa que les digas, ponerse «siempre» a ronronear.

—Si al menos ronroneasen para decir «sí» y maullasen para decir «no», o tuviesen alguna regla del estilo —había dicho la niña—, ¡entonces uno podría mantener una conversación con ellos! Pero, ¿cómo puedes hablar con alguien que siempre dice lo mismo?

En esta ocasión el gatito sólo ronroneó: era imposible adivinar si aquello quería decir «sí» o «no».

Así que Alicia se puso a buscar entre las piezas de ajedrez colocadas sobre la mesa, hasta que encontró a la Reina Roja: entonces se puso de rodillas sobre la alfombra de la chimenea y colocó a la Reina y al gatito frente a frente.

—¡Ahora, gatito! —exclamó, dando palmas triunfalmente—. ¡Tienes que confesar que te has convertido en esta pieza!

(«Pero el gatito ni siquiera la miraba» dijo la niña, al explicárselo más tarde a su hermana: «Volvía la cabeza hacia otro lado y pretendía no ver nada: pero parecía que estaba un poco avergonzado de sí mismo, así que creo que el gatito era la Reina Roja».)

—¡Siéntate un poco más derecho, bonito! —exclamó, con risa alegre, Alicia—. Y haz una reverencia mientras piensas qué..., qué ronronear. ¡Así se ahorra tiempo, acuérdate! —Y después lo tomó en brazos, y le dio un beso—: ¡Esto por haber sido una Reina Roja!

—¡Copo de nieve! —prosiguió, mirando por encima del hombro al Gatito Blanco, que soportaba con paciencia su aseo—: ¿Cuándo acabará Dinah con su blanca majestad? Debe ser por esto por lo que estabas tan desaliñado en mi sueño. ¡Dinah! ¿Sabes que estás frotando a una reina blanca? De verdad, es de lo más irrespetuoso por tu parte, ¡me sorprendes!

—Me pregunto en qué se convirtió Dinah —continuó diciendo la niña, mientras se acomodaba sobre la alfombra, apoyándose en un codo, y con la mano en la barbilla, para observar a los gatitos—. Dime, Dinah, ¿te convertiste en Humpty Dumpty? Creo que sí; sin embargo, es mejor que no se lo cuentes a tus amigos todavía, porque no estoy segura.

—Por cierto, gatito, si estuviste de verdad conmigo en mi sueño, hay algo que seguro te habrá gustado: ¡Me recitaron tantos poemas sobre peces! Mañana por la mañana voy a darte una sorpresa. Mientras te tomes el desayuno te voy a recitar *La Morsa y el Carpintero*. ¡Y entonces puedes imaginarte que son ostras lo que te estés comiendo, bonito!

—Ahora, minino, pensemos quién ha soñado toda la historia. Es una pregunta muy seria, precioso, y no deberías lamerte así la patita. ¡Como si Dinah no te hubiese lavado esta mañana! Ves, gatito, una de dos: debe haber sido o yo o el Rey Rojo. Él era parte de mi sueño, desde luego, pero ¡yo también formaba parte del suyo! ¿Fue el Rey Rojo, gatito?

Tú eras su esposa, bonito, así que debes saberlo. ¡Oh, gatito, ayúdame a descubrirlo! ¡Seguro que tu patita puede esperar! Pero el gatito travieso empezó a lamerse la otra patita y fingió no haber escuchado la pregunta.

¿De quién crees *tú* que fue el sueño?

LA CAZA DEL *SNARK*
AGONÍA EN OCHO ESPASMOS

PREFACIO

Si —y esto es algo desatinadamente posible— se acusara al autor de este breve, pero instructivo poema, de escribir tonterías, estoy convencido de que dicha acusación estaría basada en el siguiente verso (pág. 132):

*Entonces el bauprés y el timón se confundían
en ocasiones.*

En vista de esta dolorosa posibilidad, no apelaré indignado (como podría hacer) a mis otros escritos para demostrar que soy incapaz de algo semejante; no aludiré (como podría hacer) al fuerte propósito moral de este poema, ni a los principios aritméticos tan precavidamente inculcados en él, ni a sus nobles enseñanzas de historia natural. Prefiero adoptar el procedimiento más prosaico de explicar simplemente cómo ocurrió todo.

El capitán, que era especialmente sensible en cuanto a las apariencias, solía hacer que el bauprés fuese desembarcado una o dos veces por semana para barnizarlo, y en más de una ocasión, al llegar el momento de volverlo a poner en su sitio, no había nadie a bordo que supiese a qué extremo del barco pertenecía. Todos sabían que no servía de nada consultar al capitán, ya que éste simplemente se habría referido a su Código Naval y habría leído en voz alta y patética las Instrucciones del Almirantazgo, que nadie en el barco entendía, así que generalmente terminaban por sujetarlo, como podían, sobre el timón. El timonel[*] solía observar todo esto con lágrimas en los ojos: *él* sabía que estaba mal hecho, pero, ¡ay!, el artículo 42 del Código: «Nadie hablará al Hombre del Timón», había sido completado por el mismísimo capitán con la palabras: «y el Hombre del Timón no hablará con nadie». Así que quejarse era imposible y hasta el siguiente día que tocase barnizar no podría realizarse ningún movimiento con el timón. Durante esos desconcertantes intervalos, el barco normalmente navegaba hacia atrás.

Como, de alguna forma, este poema está conectado con la balada de Jabberwock, dejadme aprovechar esta oportunidad para contestar a una pregunta que me han hecho a menudo: cómo pronunciar *deslizosos tovos*. La «i» de *deslizosos* es como la «i» de «amistosos», y «tovos» se pronuncia de manera que rime con «lodos». Asimismo, la primera «o» de *borogovos* se pronuncia como la «o» de «loro». He oído gente que trata de pronunciarla como la «o» de «ahoga». Tal es la perversidad humana.

Ésta también me parece una buena ocasión para llamar la atención sobre otras palabras difíciles del poema. La Teoría de Humpty-Dumpty, la de dos significados metidos en una sola palabra como en un maletín, me parece una buena explicación para todas ellas.

Por ejemplo, tomemos las palabras «humeante» y «furioso». Imaginad que deseáis decir las dos palabras, pero no sabéis cuál pronunciar primero. Si vuestros pensamientos se inclinan, aunque sea levemente, hacia «humeante», diréis «humeante-furioso»; si por un pelo, se inclinasen hacia «furioso», diríais «furioso-humeante»; pero, si tuvieseis el

---

[*] Esta tarea la llevaba a cabo normalmente el limpiabotas, que encontraba en ella refugio ante las constantes quejas del panadero por el brillo insuficiente de sus tres pares de botas.

extraño don de una mente en perfecto equilibrio, diríais *humioso*.

Supongamos que cuando Pistol pronunció la famosa frase:

¿Bajo qué rey, bellaco? ¡Habla o muere!

el juez Shallow hubiera sabido con certeza que se trataba de William o de Richard, pero, al no saber cuál de los dos exactamente, no podría decir primero uno y luego otro. No podemos dudar que para evitar morir habría exclamado: *¡Rilchiam!*

ESPASMO I

EL DESEMBARCO

«¡Éste es lugar del *snark*!», gritó el capitán,
    mientras desembarcaba con cuidado a su tripulación,
manteniendo a cada hombre por encima de las olas
    con la ayuda de un dedo enredado en su pelo.

«¡Éste es lugar del *snark*! Lo he dicho dos veces:
    eso alentará a la tripulación.
¡Éste es lugar del *snark*! Lo he dicho tres veces:
    lo que yo diga tres veces es verdad».

La tripulación estaba completa. Incluía un limpiabotas,
    un fabricante de gorras y bonetes,
un abogado, para que mediase en las disputas,
    y un tasador, para que evaluase sus bienes.

Un jugador de billar, muy habilidoso,
    que podría haberse hecho de oro,
de no ser por que un banquero, que resultaba un empleado
                                            [muy caro,
    cuidaba el dinero de todos.

También había un castor, que paseaba por la cubierta,
    o que se sentaba en la proa a hacer encajes,
y que (según el capitán) les había salvado muchas veces de
                                            [naufragar,
    aunque ningún marinero sabía cómo.

Había uno que era famoso por el número de cosas
   que se había olvidado al subir al barco:
su paraguas, su reloj, todas sus joyas y anillos,
   y la ropa que había comprado para el viaje.

Tenía cuarenta y dos cajas, empaquetadas con gran cuidado,
   con su nombre escrito claramente en ellas,
pero, como se le olvidaron,
   todas se quedaron en la playa.

La pérdida de sus ropas no importaba casi nada, porque
   cuando llegó al barco llevaba puestos siete abrigos
y tres pares de botas. Sin embargo, lo peor era
   que había olvidado totalmente su nombre.

Contestaba a cualquier «¡Eh!» o a cualquier otro grito,
   como «¡Morralla!» o «¡Buñuelo de pelos!»,
o «¡Sea cual sea tu nombre!» o «¡Como te llames!»,
   pero, especialmente, a «¡Ése!».

Mientras de aquellos que preferían usar expresiones más
                                [enérgicas
   recibía distintos nombres,
sus amigos íntimos le llamaban «Cabo de vela»,
   y sus enemigos, «Queso tostado».

«Su apariencia es desgarbada, su inteligencia poca»
   (así decía a menudo el capitán),
«¡pero su coraje es perfecto! Y al fin y al cabo,
   eso es lo que se necesita para cazar un *snark*».

Gastaba bromas a las hienas, devolviéndoles la mirada
   con un descarado movimiento de cabeza,
y una vez fue a pasear, mano a mano, con un oso
   «sólo para levantarle el ánimo», dijo.

Vino como panadero, pero admitió, demasiado tarde,
   y esto volvió medio loco al capitán,
que sólo sabía hacer pastel de boda, para el que, yo aseguro,
   no tenían ingredientes.

El último tripulante merece una observación especial.
   Aunque parecía un increíble asno,
sólo tenía una idea, pero como ésta era el *snark*,
   el capitán le contrató de inmediato.

Vino de carnicero, pero gravemente declaró,
   cuando el barco ya llevaba una semana navegando,
que sólo era capaz de matar castores. El capitán se asustó
   y tan asustado estaba que ni una sola palabra pudo articular.

Pero, más tarde, explicó, con voz temblorosa,
   que había sólo un castor a bordo,
que estaba amaestrado y que era suyo,
   por lo que su muerte sería profundamente lamentada.

El castor, que por casualidad escuchó esta observación,
   protestó, con lágrimas en los ojos,
diciendo que ni el éxtasis producido por la caza del *snark*
   podría compensarle este tremendo disgusto.

Pidió insistentemente que el carnicero viajara
   en otro barco distinto.
Pero el capitán dijo que esto no concordaba
   con los planes que había hecho para el viaje.

Navegar era siempre un arte muy difícil,
   aunque fuese con un barco y una sola campana,
por tanto se temía que debía negarse
   a contratar a otro.

Lo mejor que podía hacer el castor era, sin duda, buscarse
    un abrigo de segunda mano a prueba de cuchillos.
Eso le aconsejó el panadero, y después debería
    asegurar su vida en una compañía respetable.

Esto le sugirió el banquero, quien se ofreció a alquilarle
    (en buenas condiciones), o a venderle,
dos excelentes pólizas: una contra el fuego
    y otra contra los daños producidos por el granizo.

Sin embargo, todavía, desde ese triste día,
    pase por donde pase el carnicero,
el castor mira hacia otro lado
    y se muestra inexplicablemente reservado.

ESPASMO II

EL DISCURSO DEL CAPITÁN

Al mismísimo capitán todos ponían por las nubes.
    ¡Qué porte, qué naturalidad y qué gracia!
¡Qué solemnidad, también! ¡Cualquiera podía ver que era
                                        [un hombre sabio,
    con sólo mirarle a la cara!

Había comprado un gran mapa del mar,
    sin un solo vestigio de tierra.
Y toda la tripulación estaba encantada, al ver que era
    un mapa comprensible para ellos.

«¿Qué utilidad tienen el Ecuador, el Polo Norte y las zonas
                                        [de Mercator,
    los Trópicos y las líneas de los Meridianos?»
Así decía el capitán. Y la tripulación contestaba:
    «¡Son solamente signos convencionales!»

«Otros mapas tienen formas, con las islas y los cabos,
    pero nosotros debemos agradecer a nuestro valiente
                                        [capitán
(así hablaba la tripulación) que nos haya comprado el
                                        [mejor...
    ¡un perfecto y absoluto mapa blanco!»

Esto era maravilloso, sin duda, pero pronto averiguaron

que el capitán, al que ellos tenían en tan buena estima,
sólo tenía una idea para cruzar el océano,
y ésta era tocar su campana.

Era pensativo y serio, pero las órdenes que daba
eran suficientes para desorientar a la tripulación.
Cuando gritaba «¡Girad a estribor, pero dejad la proa a
[babor!»,

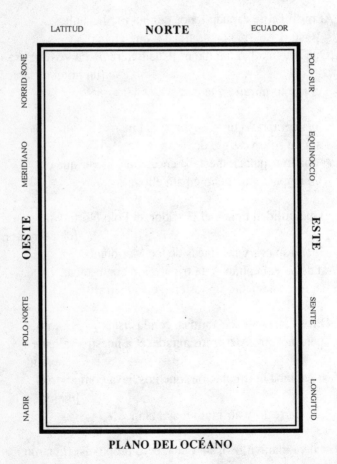

PLANO DEL OCÉANO

174

¿qué diablos podía hacer el timonel?

Entonces el bauprés y el timón se confundían en ocasiones,
   algo que, como decía el capitán,
ocurre frecuentemente en climas tropicales,
   cuando una nave está, por decirlo así, *snarkada*.

Pero el fallo principal ocurrió durante la navegación,
   y el capitán, perplejo y afligido,
dijo que él *había* esperado, al menos, que cuando el viento
   soplara hacia el Este, el barco *no* fuese rumbo al Oeste.

Pero el peligro había pasado. Por fin habían desembarcado,
   con sus cajas, maletas y bolsas.
Sin embargo, a primera vista, a la tripulación no le gustó el
                                                     [paisaje,
   que estaba plagado de acantilados y rocas.

El capitán percibió que los ánimos estaban bajos
   y contó, en tono melodioso,
algunas bromas que se había guardado para las ocasiones
                                                  [de aflicción.
   Pero la tripulación no hacía más que gemir.

Les sirvió ponche con mano generosa
   y les invitó a sentarse en la playa,
y ellos reconocieron que su capitán tenía un magnífico porte,
   mientras permanecía de pie lanzándoles un discurso.

«¡Amigos, nobles y campesinos, prestadme atención!»
   (A todos les gustaban las citas,
así que a su salud bebieron y gritaron tres hurras,
   mientras él les servía otro vaso).

«¡Hemos navegado varios meses, hemos navegado muchas
[semanas
   (cuatro al mes, podéis anotar)
pero todavía, hasta este momento (y es vuestro capitán el
[que habla),
   no hemos visto, ni por asomo, un *snark*!

¡Hemos navegado muchas semanas, muchos días
   (siete por semana, lo reconozco),
pero nunca un *snark*, sobre el que nos encantaría poner la
[vista,
   nos hemos encontrado hasta ahora!

Venid, escuchad, compañeros, mientras os vuelvo a decir
   las cinco señas infalibles
por las que vosotros sabréis, donde quiera que vayáis,
   que se trata de un genuino *snark*.

Vamos a conocerlas por orden. Primero, el sabor,
   que es escaso y engañoso, pero crujiente,
como un abrigo que está demasiado ajustado a la cintura,
   con un aroma a gusto de alfeñique.

Su hábito de levantarse tarde, estaréis de acuerdo conmigo
   en que va demasiado lejos, cuando os digo
que normalmente desayuna a la hora del té
   y cena al día siguiente.

Tercero, es lento para entender un chiste;
   si os atrevéis, probad con alguno,
y suspirará como una criatura muy triste
   y siempre estará serio ante un juego de palabras.

Cuarto, le encantan las cabinas de baño,
   que constantemente lleva de uno a otro lado,

porque cree que le añaden belleza al paisaje...
   Opinión que puede dudarse.

Quinto, es ambicioso. Pero debemos
   describir dos grupos;
distinguir entre los que tienen plumas y pican,
   y los que tienen bigote y arañan.

Porque, aunque normalmente un *snark* no hace daño,
   es mi obligación deciros que algunos son *boojums*...»
El capitán, alarmado, se quedó de repente callado
   al ver que el panadero se había desmayado.

ESPASMO III

LA HISTORIA DEL PANADERO

Le reanimaron con panecillos, le reanimaron con hielo.
  Le reanimaron con mostaza y con berros.
Le reanimaron con mermelada y con consejos juiciosos,
  y le pusieron enigmas que resolver.

Cuando por fin se sentó y pudo hablar,
  su triste historia se ofreció a contar.
Y el capitán gritó: «¡Silencio! ¡Ni un ruido!»,
  y excitado su campana se puso a tañer.

¡Se hizo un completo silencio! Ni un ruido, ni una voz,
  apenas un lamento o un gemido,
mientras el hombre al que llamaban «¡Eh!» contaba su
                                         [desdichada
  historia en tono antediluviano.

«Mi padre y mi madre eran honrados, aunque pobres...»
  «¡Sáltate eso!», interrumpió el capitán.
«Si se hace de noche, no podremos divisar un *snark*
  y no tenemos ni un minuto que perder».

«Me saltaré cuarenta años», dijo el panadero llorando,
  «y seguiré, sin más dilación, contando
el día en que me admitisteis en vuestro barco,
  para ayudaros a cazar un *snark*.

Un tío mío muy querido (que me dio su nombre)
    observó, cuando fui a despedirme de él...»
«¡Oh, sáltate a tu querido tío!», exclamó el capitán,
    tocando enfadado su campana.

«Él me dijo entonces», siguió en tono amable:
    «Si tu *snark* es un *snark*, está bien:
tráelo a casa por todos los medios. Puedes servirlo con
                                                    [verdura,
    y es útil para encender una vela.

Puedes buscarlo con dedales, buscarlo con cuidado,
    cazarlo con tenedores y esperanza,
con acciones de los ferrocarriles amenazarlo
    y hechizarlo con sonrisas y jabón...»

(«Ése es exactamente el método», dijo, decidido,
    el capitán en un paréntesis repentino,
«¡Ésa es exactamente la forma que a mí siempre me han
                                                    [contado
    para intentar la caza del *snark*!»)

«"¡Pero, ay, radiante sobrino, guárdate de ese día,
    si tu *snar*k es un *boojum*! ¡Porque entonces ese día,
suave y repentinamente, tú desaparecerás
    y nadie podrá encontrarte otra vez!"

»Esto es, esto es lo que oprime mi alma,
    cuando pienso en las últimas palabras de mi tío.
¡Y mi corazón no es más que un tazón
    rebosante de temblorosa cuajada!

Esto es, esto es...» «¡Ya hemos oído esto antes!»,
    dijo el capitán indignado.

Y el panadero contestó: «Dejadme decirlo una vez más:
   ¡Esto es, esto es lo que yo me temía!

Entablo con el *snark*, cada noche cuando oscurece,
   una delirante lucha en sueños.
Lo sirvo con verdura en esas escenas sombrías
   y también lo uso para encender cerillas.

Pero si alguna vez me encuentro con un *boojum*, ese día,
   en un momento (estoy seguro de ello),
suave y repentinamente despareceré,
   ¡y esta idea es la que no puedo soportar!»

ESPASMO IV

LA CAZA

El capitán, encolerizado, frunció el ceño.
   «¡Si tú hubieras hablado antes!
¡Ha sido inoportuno mencionar esto ahora,
   con el *snark*, por así decirlo, a un paso de nosotros!

Todos lamentaríamos, puedes imaginarte,
   otra vez no volver a encontrarte.
¿Pero, por qué, amigo, no sugeriste esto
   cuando empezó el viaje?

Es excesivamente torpe mencionar esto ahora....
   como creo que ya he dicho antes».
Y el hombre de nombre «¡Eh!» contestó suspirando:
   «Os informé de esto el día del embarque.

¡Podéis acusarme de asesinato o de falta de sentido
   (todos somos débiles a veces):
pero ni el más leve acercamiento a la falsedad
   se encuentra entre mis delitos!

Lo dije en hebreo, lo dije en holandés,
   lo dije en alemán y en griego;
pero olvidé completamente (y eso me enfada mucho)
   ¡que vosotros habláis en inglés!»

«Es una triste historia», dijo el capitán, cuya cara
 se había alargado con cada palabra,
«pero ahora que nos has contado todo,
 sería absurdo seguir hablando de ello.

El resto de mi discurso (les explicó a sus hombres)
 lo oiréis cuando tenga tiempo,
pero ahora el *snark* está cerca, ¡os lo vuelvo a repetir!,
 y buscarlo es nuestro glorioso deber.

¡Buscarlo con dedales, buscarlo con cuidado,
 perseguirlo con tenedores y esperanza,
con acciones del ferrocarril amenazarlo
 y hechizarlo con sonrisas y jabón...!

Como el *snark* es una criatura peculiar, no lo cazaremos
 de una manera normal.
Haced todo lo que ya sabéis y probad lo que no sabéis.
 ¡No podemos perder ni una oportunidad hoy!

Porque Inglaterra espera... me abstengo de seguir:
 es una frase tremenda, aunque trivial.
Mejor será que vayáis desempaquetando lo que necesitáis
 y os preparéis para la lucha».

Entonces el banquero endosó un cheque en blanco (que
                              [había cruzado)
 y cambió las monedas en billetes.
El panadero, con cuidado, se peinó los bigotes y el pelo,
 y sacudió el polvo de sus abrigos.

El limpiabotas y el tasador afilaron el pico...
 utilizando la muela por turnos.
Y el castor seguía haciendo encajes y no mostraba
 ningún interés en el asunto.

El abogado trató de apelar a su orgullo,
   y en vano le citó
un gran número de casos, en los que hacer encaje
   se había demostrado que era, de la ley, una violación.

El fabricante de bonetes planeaba ferozmente
   una nueva disposición para los lazos.
Mientras el jugador de billar, con temblorosa mano,
   se pintaba con tiza la punta de la nariz.

Mas el carnicero se puso nervioso y se vistió muy elegante,
   con guantes de cabritilla amarillos y chorreras...
Dijo que se sentía exactamente como el que va a una cena,
   a lo que el capitán observó: «¡Qué tontería!»

«¿Me presentaréis, "aquí, un buen tipo", le decía,
   si ocurre que nos los encontramos juntos?»
Y el capitán, sacudiendo sagazmente la cabeza,
   dijo: «Eso dependerá del tiempo de ese día».

El castor, simplemente, se puso a saltar de alegría,
   al ver al carnicero tan nervioso,
e incluso el panadero, aunque estúpido y bobo,
   trató de esforzarse para guiñar un ojo.

«¡Actúa como un hombre!», gritó el capitán airado, al oír
   que el carnicero estallaba en sollozos.
«¡Si nos encontramos con un *jubjub*, ese pájaro tan terrible,
   necesitaremos todas nuestras fuerzas!»

ESPASMO V

LA LECCIÓN DEL CASTOR

Lo buscaron con dedales, con cuidado lo buscaron,
  lo persiguieron con tenedores y esperanza,
con acciones del ferrocarril lo amenazaron
  y lo hechizaron con sonrisas y jabón.

Entonces el carnicero ideó un ingenioso plan
  para hacer una incursión él solo,
y eligió un lugar no frecuentado por el hombre,
  un valle tenebroso y desolado.

Pero el mismo plan se le ocurrió al castor,
  que había elegido el mismo sitio,
mas ninguno demostró, con signos o palabras,
  el disgusto que apareció en su cara.

Cada uno pensaba que el otro sólo tenía en su mente al *snark*
  y el glorioso trabajo de ese día.
Y trataba de fingir que no se enteraba de que el otro
  andaba por ese mismo camino.

Pero el valle se hizo cada vez más estrecho
  y la tarde oscureció y hacía frío,
hasta que (por los nervios, no por buena voluntad)
  ellos siguieron adelante, hombro con hombro.

Entonces un grito, agudo y estridente, estremeció el cielo,
  y ellos supieron que algún peligro acechaba.
El castor palideció hasta la punta del rabo,
  e incluso el carnicero se sintió un poco raro.

Pensó en su niñez, muy lejana en el tiempo,
  un estado inocente y dichoso.
Y el sonido que le venía a la mente
  era el del pizarrín rechinando en la pizarra.

«¡Es la voz del *jubjub*!», gritó de repente
  (este hombre al que solían llamar «Asno»).
«Como diría el capitán», añadió con orgullo,
  «ya he explicado esta sensación anteriormente.

¡Es el canto del *jubjub*! Sigue contando, te lo ruego:
  con ésta, observarás que lo he dicho dos veces.
¡Es la canción del *jubjub*! La prueba está completa
  y sólo te lo he dicho tres veces».

El castor había contado con escrupuloso cuidado
  y cada palabra atentamente escuchaba,
pero se descorazonó completamente y le invadió la
                                    [desesperación
  al ver que se daba esa tercera repetición.

Sentía que, a pesar de todos sus posibles esfuerzos,
  de alguna manera había perdido la cuenta,
y lo único que cabía era devanarse los sesos
  tratando de volver a calcular dicha cuenta.

«Dos más uno... ¡si es que se puede contar eso...»,
  dijo, «... con el pulgar y los dedos!»,
mientras recordaba, entre lágrimas, cómo en su juventud
  no se había esforzado en aprender a sumar.

«Eso puede hacerse», dijo el carnicero, «creo».
   «Debe hacerse, estoy seguro.
¡Se hará! Tráeme papel y tinta,
   hay tiempo para hacerlo».

El castor trajo papel, carpeta, pluma
   y tinta en una gran provisión,
mientras unas horribles criaturas salieron de sus guaridas
   y con ojos perplejos observaron aquella operación.

Tan absorto estaba el carnicero, que no les prestó atención,
   mientras escribía con un lápiz en cada mano,
y con un lenguaje corriente explicaba todo
   para que el castor pudiera entenderlo.

«Tomaremos el *tres* como base de este razonamiento...
   una cifra muy fácil de escribir...
Le sumamos *siete* y *diez*, y después lo multiplicamos
   por *mil* menos *ocho*.

Después, como ves, dividimos el resultado
   entre *novecientos noventa y dos*.
Luego restamos *diecisiete*, y la respuesta debe ser
   exacta y perfectamente cierta.

Me encantaría explicarte el método a seguir,
   mientras lo tengo claro en mi mente,
si tuviéramos yo tiempo y tú cabeza...,
   pero aún queda mucho por decir.

En un momento he visto lo que hasta ahora ha estado
   oculto en un absoluto misterio
y ahora te daré, libremente y sin cargo adicional,
   una lección de historia natural».

De esta forma genial siguió hablando
   (olvidando todas las leyes de la propiedad,
ya que dar instrucciones, sin introducción,
   causaría un gran revuelo en la sociedad).

«Por su temperamento, el *jubjub* es un ave terrible,
   porque vive perpetuamente en cólera.
Sus gustos son absurdos en cuanto a la ropa
   y está a años luz por delante en la moda.

Recuerda a todos los amigos que ha conocido antes
   y nunca se deja sobornar,
y en las reuniones benéficas se queda en la puerta
   y recoge el dinero..., aunque nada se digna aportar.

Su sabor, cuando está cocinado, es mucho más sabroso
   que el del cordero, las ostras o los huevos.
(Algunos piensan que se conserva mejor en una jarra de
                                              [marfil,
   aunque otros opinan que en un barril de caoba.)

Se hierve en serrín, se sazona con gluten,
   se espesa con langosta y una cinta.
Pero todavía el principal objetivo que hay que tener...
   es mantener su forma simétrica».

El carnicero habría estado hablando encantado hasta el
                                              [siguiente día,
   pero se dio cúenta de que la lección debía terminar
y se atrevió a decir, llorando de alegría,
   que al castor, su amigo había llegado a considerar.

Mientras el Castor confesó, con aspecto emocionado,
   más elocuente incluso que las lágrimas,

que en diez minutos había aprendido mucho más que lo
   que todos los libros, en setenta años, le habían enseñado.

Volvieron de la mano, y el capitán desarmado
   (durante un instante), y muy emocionado,
dijo: «¡Esto compensa ampliamente los aburridos días
   que en el agitado océano hemos pasado!»

Tan amigos se hicieron, el castor y el carnicero,
   que es algo nunca visto.
En invierno, o verano, siempre era lo mismo...
   uno nunca podía ver al otro sin su amigo.

Y si alguna disputa surgía, como pasa a menudo
   a pesar de que todos se esfuercen,
¡la canción del *jubjub* volvía a sus mentes
   y cimentaba su amistad para siempre!

ESPASMO VI

EL SUEÑO DEL ABOGADO

Lo buscaron con dedales, con cuidado lo buscaron,
    lo persiguieron con tenedores y esperanza,
con acciones del ferrocarril lo amenazaron
    y lo hechizaron con sonrisas y jabón.

Pero el abogado, cansado de probar en vano
    que el castor con su encaje estaba delinquiendo,
se durmió y en sus sueños vio claramente a la criatura
    que su imaginación había estado buscando tanto tiempo.

Soñó que estaba ante un sombrío tribunal,
    donde el *snark,* con una lente sobre el ojo,
toga, faja y peluca, defendía a un cerdo,
    acusado de haber abandonado su pocilga.

Los testigos demostraron, sin fallo o error,
    que la pocilga cuando la encontraron estaba vacía.
Y el juez siguió explicando lo que la ley establecía
    en un tono dulce y subterráneo de voz.

La acusación no había sido claramente explicada,
    parecía que el *snark* había empezado,
y durante tres horas había comentado, antes de que alguien
                                        [adivinara
    lo que se suponía que había hecho el cerdo acusado.

Los miembros del jurado tenían puntos de vista diferentes
    (antes de que se leyese la acusación),
y todos hablaban a la vez y ninguno sabía
    qué era lo que decía el resto de la gente.

«Debéis saber...», dijo el juez, pero el *snark* exclamó:
                            [«¡Tonterías!
    ¡Esta ley es bastante obsoleta!
Dejadme que os diga, amigos, que toda esta cuestión se basa
    en un antiguo derecho feudal.

En cuanto a la traición, parecería que el cerdo
    ha ayudado, pero no ha incitado.
Mientras que el cargo de insolvencia se descarta, eso está
                            [claro,
    si se admite como alegato nada hubo adeudado.

En cuanto a la deserción, no lo pongo en duda,
    pero su culpa, creo, será anulada
(por lo menos en lo referente al coste de este pleito)
    por la coartada que ha sido demostrada.

El destino de mi pobre cliente depende ahora de sus votos».
    Aquí, el orador se sentó en su sitio
y se dirigió al juez para que consultara sus notas
    y brevemente resumiera el caso.

Pero el juez dijo que nunca había hecho un resumen antes.
    Así que el *snark* ocupó su lugar
¡y lo hizo tan bien que llegó más allá
    de lo que los testigos habían dicho!

Cuando se pidió que dieran el veredicto, el jurado declinó,
    porque esa palabra era muy difícil de deletrear.

Pero se atrevieron a pedirle al *snark*
     que se ocupase de eso también.

Así que el *snark* dio el veredicto, aunque, como confesó,
     estaba cansado por el esfuerzo del día.
Cuando dijo la palabra «¡CULPABLE!», todo el jurado gimió
     y alguno incluso se desmayó.

Entonces el *snark* dictó sentencia, al estar el juez
     demasiado nervioso para decir una sola palabra.
Cuando se puso de pie, el silencio era tan total
     que podía oírse una aguja caer.

«Destierro de por vida», fue la sentencia que dictó,
     «y *luego* una multa de cuarenta libras tendrá que pagar».
Todo el jurado aplaudió, aunque el juez dijo que había temido
     que la frase no tuviese un sonido legal.

Pero su explosión de júbilo pronto se vio truncada
     cuando el carcelero les informó, entre llantos,
que dicha sentencia no tendría el más mínimo efecto
     porque el cerdo había muerto hacía ya algunos años.

El juez se marchó del tribunal, con aspecto de profundo
                                                    [disgusto,
     pero el *snark*, aunque un poco consternado,
como era el abogado encargado de la defensa,
     siguió hasta el final cantando.

Esto soñó el abogado, mientras el canto parecía
     hacerse más audible a cada momento,
hasta que le despertó el tañer de una furiosa campana
     que el capitán tocaba a su oído.

ESPASMO VII

EL DESTINO DEL BANQUERO

Lo buscaron con dedales, con cuidado lo buscaron,
  lo persiguieron con tenedores y esperanza,
con acciones del ferrocarril lo amenazaron
  y lo hechizaron con sonrisas y jabón.

Y el banquero, movido por un coraje tan novedoso
  que fue objeto de comentario general,
salió como un loco hasta perderle de vista,
  en su empeño por cazar el *snark*.

Pero mientras lo buscaba con dedales y cuidado,
  un *bandersnatch* rápidamente se le acercó
y capturó al banquero, que de miedo chilló,
  porque sabía que era inútil intentar escapar.

Le ofreció un gran descuento, también le ofreció un cheque
  (pagadero «al portador») por valor de más de siete libras,
pero el *bandersnatch* solamente estiró el cuello
  y agarró de nuevo al banquero.

Sin descanso y sin pausa, mientras esas mandíbulas
  no dejaban de chasquear alrededor,
se escapó, saltó, forcejeó y se desplomó,
  hasta que, de un desmayo, al suelo cayó.

El *bandersnatch* se marchó mientras los otros venían,
    atraídos por el grito de miedo,
y el capitán observó: «¡Es lo que me temía!»
    Y solemnemente su campana tocó.

Tenía la cara negra y ellos apenas pudieron imaginar
    el más mínimo parecido con lo que había sido antes,
porque tan grande era su miedo que su chaleco se había
                                            [puesto blanco.
    ¡Algo realmente digno de ver!

Para horror de todos los que estaban presentes ese día,
    se irguió vestido de etiqueta,
y por medio de muecas sin sentido procuró decir
    lo que su lengua nunca más podría.

Se hundió en una silla, pasándose las manos por el pelo,
    y cantaba las más *mísvolas* canciones,
palabras que por necias demostraban su locura,
    mientras hacía sonar dos huesos.

«¡Dejadlo a su suerte..., se está haciendo tarde!»,
    gritó el capitán asustado.
«Hemos perdido la mitad del día. Cualquier otro retraso,
    ¡y no cazaremos un *snark* y la noche habrá llegado!»

ESPASMO VIII

LA DESAPARICIÓN

Lo buscaron con dedales, con cuidado lo buscaron,
   lo persiguieron con tenedores y esperanza,
con acciones del ferrocarril lo amenazaron
   y lo hechizaron con sonrisas y jabón.

Temblaban al pensar que la caza podía fallar,
   y el castor, muy excitado,
saltaba sobre la punta del rabo,
   mientras la luz del día se había desvanecido.

«¡Ya se oye gritar a *Ése*!», dijo el capitán.
   «Grita como un loco, escuchad!
¡Agita los brazos y sacude la cabeza,
   seguro que ha encontrado un *snark*!»

Miraban deleitados y el carnicero decía:
   «¡Siempre fue un bromista terrible!»
Le vieron... a su panadero..., a su héroe sin nombre...
   subido en una roca vecina.

Erguido y sublime, por un momento.
   Al momento siguiente, la salvaje figura que miraban
(como presa de un espasmo) cayó en un abismo,
   mientras todos asustados esperaban y escuchaban.

«¡Es un *snark*!», fue lo primero que oyeron
  y a todos les parecía demasiado bueno para ser cierto.
Después siguió un torrente de risas y hurras,
  luego las temidas palabras: «¡Es un *bu*...!»

Después, silencio. Algunos se imaginaron que oían en el aire
  un suspiro cansado y errante,
que sonaba algo así como «¡... *jum*!», pero otros declararon
  que sólo era el viento que soplaba.

Cazaron hasta que se hizo de noche, pero no encontraron
  ni un botón, ni una pluma, ni una señal
que pudiera indicarles que estaban pasando
  por donde el panadero había encontrado al *snark*.

En mitad de la palabra que trataba de decir,
  en mitad de su risa y su júbilo,
suave y repentinamente desapareció...,
  porque el *snark era* un *boojum*, ya veis.

ÍNDICE

CLÁSICOS DE LA LITERATURA